D+

dear+ novel

keiribuin,koi no shiwake wa dekimasen・・・・・・・・・・・・・・・・・・・・

経理部員、恋の仕訳はできません

栗城　偲

新書館ディアプラス文庫

経理部員、恋の仕訳はできません

contents

illustration：みずかねりょう

経理部員、
恋の
仕訳は
できません
keiribuin,
koi no shiwake
wa dekimasen

鷹羽紡績《たかばぼうせき》株式会社経理部経理課、山田倫理《やまだみちのり》は、子供のころから生真面目《きまじめ》な人間だと評されてきた。それは規律や規範や節義を守って生きている、という意味もあったし、融通《ゆうずう》がきかず面《おも》白《しろ》みがない、という反意も含まれていた。

自分自身でも、そのどちらもが正しい、と思う。

倫理は一日のルーティンを決めていて、可能な限りそのとおりに生活している。就職してからは五年間毎日、平日は朝六時四十分に起床、七時に朝食、身支度《みじたく》を整えたら八時四十五分には出社、十八時に退社し、十九時には入浴、浴槽《よくそう》の掃除を含めて三十分で浴室を出たら十九時半には夕食作りに取り掛かり、食事を済ませて後片付けを終え次第自由時間を過ごし、二十三時三十分には就寝する。

数少ない友人たちや同僚には、「毎日律儀《りちぎ》にそのスケジュール守ってるの？　息が詰まらない？」と驚かれるのだが、これが一番倫理にとっては楽なのだ。

「……ぅ」

本来、自分はだらしのない人間である。

だから、子供の頃に一日のルーティンを決めて習慣化した。

今では、スケジュール通りに進まないと落ち着かないほどだ。

――なのに。

浴室の床に座り込みながら、ちらりと給湯器リモコンの時計の表示を見る。もう二十三時二十分だ。

今日は飲み会があったので、スケジュールはだいぶずれた。だから、早めに寝ようと思っていたのに。

浴室掃除の時間を考えればとっくに浴槽の栓《せん》を抜いていてもいい頃合いだ。

――なのに、するべきことをせずに、自慰《じい》に耽《ふけ》るなんて……。

スケジュールがこんなにずれたことが信じられないし、ひどく落ち着かない。そう戸惑う方で、己《おのれ》の右手は性器から離れないのだ。

我ながらぎこちなく手を動かし、ぬるついたものを必死にこする。

――自慰をするなら、就寝前の自由時間にすればいいんだ。なにも、浴室でやる必要はない。

頭ではそう思っているのに、体が火照《ほて》ってせずにはいられない。こんなふうになるなんて生まれてはじめてで、倫理は性器を撫《な》でさすりながら激しく動揺していた。

そもそも、倫理は非常に淡白な人間だ。

二次性徴《せいちょう》を迎えてから今まで、自慰をした回数も多くはない。今日だって、前回から何ヵ月ぶり――もしかしたら最後にしてから一年以上経過しているかもしれなかった。

昔から自発的にしようと思ったこともなく、なんとなく催《もよお》したら機械的にことを済ませるといった感じで、他の男性のように「おかず」を必要としたり、「好きな人を想像して」などということもない。

なにせ、恋愛をしたことはおろか人を好きになったことがなかった。淡白すぎるほど淡白なのを自覚していて、ぼんやりと「自分は女の子よりも男の子が好きなのかも」という認識はあったものの、特定の好きな人が出来たこともないし、当然恋人もいたことがない。そういう相手を作ることにも興味がなかった。

——それなのに。

自分の吐息《といき》が唇に触れて、背筋が痺《しび》れるように震える。唇に触れたあの男の指先の感触が蘇《よみがえ》った。同時に、薄闇《うすやみ》の中に浮かんだ彼の美しい顔が脳裏《のうり》を過《よぎ》り、手の中にあった性器がびくっと跳ねる。咄嗟《とっさ》に両手で握り込んだ。

恐る恐る力を緩《ゆる》めて、また性器を扱《しご》く。先程よりもぬるついていて、濡れた音が立ち始めた。

——息が、うまくできない。

乱れる呼吸が、浴室に響く。寒いわけでもないのに、体が震えて止まらない。

興奮している自分をどこか冷静に見つめる頭があるのに、手が動く。

「はっ……、っ……」

こんなことといけない。おかしい。そう思うのに、あの男の——同僚である染谷翼《そめやつばさ》の美しい顔《がん》貌《ぼう》、長い指、色気のある中低音の声を思い出すと、体がどうしようもなく甘く疼《うず》き、火照る。

「あっ、……う……」

腰の周りがじわりと痺れ、無意識に歯を食いしばった。終わりが近いのを悟って、手の動きが心持ち早くなる。

「ん……っ」

息を詰めて程なく、慎《つつ》ましやかな性器から精液が零《こぼ》れた。勢いもなく、粗相したように漏れていく。

緩やかに訪れた絶頂で乱れた呼吸を整えて、ぼんやりと時刻を確かめた。

「……嘘だ、もうこんな時間……？」

入浴時間は清掃も含めて三十分と決めているのに、もう一時間が経過している。

このままではどんどん予定がずれ込んでしまう——そう思いながら、ずるずると浴室の床に崩れ落ちた。かけっぱなしだった眼鏡《めがね》が浴室の床に転がる。拾う気も起きず、そのまま目を瞑《つぶ》った。

達したばかりで敏感になっている性器に再び触れると、反射的に体が跳ねる。射精《しゃせい》して柔らかくなっていたそれが、すぐに固くなり始めた。

「ん……」

くちゅ、と音を立てて性器を撫でさすり、そっと自分の唇に触れる。染谷の指の感触を思い出しながら、己の指を噛んだ。

——予定が狂うのに。

強迫観念にも似た己のルーティンが、壊れていく。

けれど、まだ浴室を出られそうにはない。

鷹羽紡績《たかばぼうせき》の経理部は、課長を含めて五人の社員が在籍している。その中で一番の若手は入社六年目になる倫理《みちのり》だ。

黙々と仕事をこなしながら、パソコンのモニタ下部に表示された時計で時刻を確認する。

——終業まで、あと一時間。

今日も滞《とどこお》りなく業務は進み、なんの問題もなく一日が終わりそうだ。それだけで充足感を覚える自分は、大概《たいがい》安上がりだと倫理は思う。

夕飯はなにを作ろうか、と仕事の手を止めぬまま考え込んでいると、経理部のドアがノックされた。

「すみませーん……」

にこにこと愛想笑いを浮かべながら入ってきたのは、営業部の男性社員だ。倫理と目が合うなり、さっと視線を逸《そ》らす。

そういう反応をするということは、あまりいい用件ではないのだろう。彼はきょろきょろと目線を動かしながら、経理部の中では抜群《ばつぐん》に話しかけやすくて優しい、染谷《そめや》のもとへと寄っていく。

「染谷さーん」

「はい、なんでしょう」

顔を上げた染谷の横顔は、まるで作りもののように整っている。すっと通った鼻筋は、倫理の倍くらいの高さがあるのではないかと思うほどだ。

揉《も》み手で染谷に近づき、営業部員が「これ」と背広の内ポケットからICカードを取り出す。

「これ、電車代にしか使っちゃ駄目なんだよね？　どうしよう俺いつもの癖《くせ》で自販機の支払いに使っちゃった……自販機じゃ明細も出ないし」

その科白《セリフ》に、無意識に倫理の眉間《みけん》に力が入る。

けれど染谷は顰《しか》め面《つら》になった倫理とは違い、整った顔に微笑《ほほえ》みを乗せて「大丈夫ですよ」と優しく言った。

「アプリで利用履歴を出すことができるので、それをスクリーンショットして印刷して提出してもらえれば大丈夫です。アプリが面倒なら、駅の券売機で利用明細を印刷してください。この場合は今日の帰りにでもしてもらったほうが安心だと思います」

そう、と心の中で頷く。

ICカードの場合は、チャージしただけでは経費にならない。時折、「チャージの明細」を持ってくる者もいるが、その度《たび》に「これは必要ないです、必要なのは領収書や使用明細書です」と説明している。

旅費交通費として計上されるのは、実際に電車やバス等で使用した分だけだ。経理実務上の面倒を減らすために「旅費交通費以外に使用しないでください」と伝えているが、うっかり私用で使う者もいればその説明さえ忘れる者もいる。

経理部員が何度も説明しているはずなのに、件《くだん》の営業部員はまるで「初めて聞いた」とでもいうようにびっくりしている。

「本当に？　それでいいの？」

「はい。旅費交通費は今までどおりちゃんと領収書もらってますよね？」

「はい、それは大丈夫！　あーよかった」

忘れちゃいますよね、と優しい言葉をかける染谷に、営業部員は「そうなんですよ」と頷いた。

「忙しくてつい仕事以外のことがおろそかになっちゃうんですよね。他のことに頭割《さ》いてる余裕ないっつうか、まあ仕事が忙しいのはありがたい話なんすけど」

わはは、と笑う大きな声に、己の眉間の皺《しわ》が深くなっているのを感じる。

業務上の説明を聞いて理解する、というのも仕事ではないのだろうか。

「営業さんは忙しいですもんね」

「いやあ、経理だって大変でしょう。俺には座ってちまちま作業なんてできませんよ、ガサツですから」

「そんなことはないですよ。あ、そうそう。そろそろ月次決算の締日の時期なので、忘れないようにしてくださいね」

はいはーい、と明るく返事をして営業部員が去っていく。ドアが閉まるのと同時に、再び経理部に静けさが戻った。

「営業部ってなんでああいう『俺が世界で一番忙しい！』みたいなやつが揃《そろ》ってんのかな……」

眼鏡のブリッジを押し上げながらぽつりと呟いたのは、倫理の隣の席の男性社員・渡辺《わたなべ》だ。

その言葉に倫理は内心頷く。

「そういう性格だからこそ、営業でやっていけるんじゃないの。本人たちはああいう無礼発言を『気《き》の利いた褒《ほ》め言葉』とでも思ってるんだろうね多分」

応じたのは、右斜《なな》め前に座る女性社員・佐藤《さとう》だ。彼女の科白に若干《じゃっかん》とげがあるのは、独身時代に営業部員と付き合っていたことがあり、かつ大喧嘩《おおげんか》して別れたという経緯《けいい》があるかららしい。

「ていうか、染谷さんすごいよね。よく笑顔で付き合えるね」

え、と染谷は綺麗な銀縁眼鏡の奥にある切れ長の目を丸くする。

「だって、あの説明だってもう何回目って話だし。あの人自体が質問しに来るのは初めてかもしれないけど、質問の類《たぐい》は周りの営業部員に聞けばいいじゃない」

そう、と再び心の中で頷く。

ＩＣカードでの旅費交通費の精算を許可したのは今から十年ほど前のことだと聞いている。その頃に鉄道系電子マネーの相互利用可能エリアがほぼ全国になったことを受けての導入開始だった。

当時は定期券の発行に伴《ともな》ってＩＣカード自体も会社支給という話が出たらしいが、帳簿上で発生する諸問題を踏まえてそれは立ち消えた。そして導入当初から説明しているのが「旅費交通費以外でＩＣカードを使用しないように」ということだったのだ。

「もはや、あの人たちって最初から説明を頭に入れる気がない気がする……」

疲弊《ひへい》した声を出す佐藤に、染谷は「まあまあ」と苦笑した。

「いつかは覚えてくれるかもしれませんし。それに、覚えてくれないとか覚えさせようとか、そう思うほうがストレスになりますよ。もう相手は覚えてきてないものだと思って対処したほうが早いです」

にっこりと穏やかに、けれどまああきついことを言う染谷に、全員が一瞬固まる。そして、佐藤が小さく噴き出した。

「それもそうなんだけどね、イラッとしちゃうのよー。まだまだ修行が足りないわぁ」

「染谷さん、言いますね」

和《なご》やかに会話をする三人に交じることもなく、倫理は対面に座る染谷を見る。

——俺への当てこすりかな、今の。

そう考えるなんて、とても捻《ひね》くれている。彼自身がどう思っているかというよりも、それはきっと倫理自身がコンプレックスに思ったり気にかけたりしていることだから、ひっかかるのだ。つまり卑屈《ひくつ》な己自身のせいとも言える。

不意に、染谷がこちらに顔を向けた。視線が合う寸前で目を手元に逸らす。

染谷は一年ほど前に入社した人物で、年齢は倫理より二つ上の二十九歳だ。前の会社でも経理業務を行っていたそうで、すぐに仕事にも慣れた。

経理経験者と言っても、会社によっては決算、財務、税務などに細かく分割して担当を決めて仕事を割り振っているところもある。鷹羽紡績は大手企業ではあるものの、経理部員は比較的オールラウンダー揃いの傾向にあった。

染谷は以前中小企業に在籍していたようでオールマイティになんでもこなし、仕事の手も早い。業務にも部内の空気にも馴染むのはすぐだった。

すらっとした体型と、洒落っ気のない眼鏡で若干印象は薄れているもののよく見るとまるでゲームのCGのように整った美しい造形の顔。その割に愛想も人当たりもよいので、入社して最初の月次決算の時期からとても評判になっていた、という話だ。他者とあまり関わりのない倫理の耳にも入ってくるほどなので、相当噂《うわさ》になっていたのだと思われる。

今では、「怖くて厳《きび》しい山田《やまだ》さん」ではなく「優しくて融通もきかせてくれる染谷さん」に話しかける者ばかりだ。

他部署の社員が誰に話しかけようと一向に構わないのだが、何故《なぜ》か染谷に対してもやっとした気分になってしまうのは、倫理には融通をきかせることがいいことだとは思えないからだ。

――考え方が違うと言ったらそれまでだけど。

終業時刻になり、ちょうど社内外のメールの確認を終えた倫理はパソコンの電源を落とした。いつもどおり、終業後三分以内に立ち上がった倫理に、佐藤と渡辺も「あ、もう終業か」という顔をして帰るための作業に入る。

だが、染谷だけはこちらを気に留めた様子もなく、帰る気配もない。ふと染谷が顔を上げる。今度はばっちり目があってしまった。

「お疲れさまでした」

にっこり笑って告げられた染谷の言葉に、「早く帰れ」と言われたような気分になって、いつもならば言われずとも帰宅するところを、足を止める。

「――残業はあまりしないほうがいいのでは」

思わず口から零れた言葉に、染谷が目を丸くした。普段業務外で話しかけることがないから、驚いたのかも知れない。

「そうですね。今しているものが終わったら帰りますよ」

提案を受け入れる気はないとばかりに返され、そこで引けばいいところを再び口を出してしまう。

「急ぎじゃないなら明日に回してもいいんですよ」

「急ぎです」

取り付く島もない感じで言い返されて、今度こそ口を閉じた。

そこに、今まで黙って聞いていた経理課長の小森《こもり》が「まあまあ」と仲裁に入ってくる。倫理は課長のほうへ顔を向け、眉《まゆ》を寄せる。

「課長もですよ。管理職とはいえ残業多いです。ノー残業デーじゃない日だって残業なしで帰っていいと思います」

「わかってます、わかってます。僕も帰るよ。……藪蛇《やぶへび》だったなぁ」

人のよさそうな顔をした課長は、薄くなり始めた頭を掻《か》いて笑う。

じっと課長の顔を見つめて、倫理はくるりと踵《きびす》を返した。出口まで歩き、社員証のカードをドア付近にあるタイムレコーダーにタッチして、退勤処理をする。

「では、お先に失礼します。お疲れ様でした」

お疲れ様、とまだ部屋に残る面々から返事が返ってくる。染谷もこちらを向いて会釈《えしゃく》をしていた。

先程まで少々ぴりついた雰囲気を出していたはずなのに、相手のほうが精神的に余裕があるのか、はたまた倫理との遣《や》り取《と》りなどなんとも思っていないのか。どちらにせよばつの悪い気持ちになって、誤魔化すように頭を下げてドアを閉めた。

まだたくさんの社員の気配がする廊下を歩きながら、少々自己嫌悪に陥《おちい》る。

――あんな余計な口出し、しなくてもよかったのに。

残業はあまり推奨《すいしょう》されているものではない。だから早めに帰宅するほうがいいのは確かだが、それを倫理が言う必要はない。

――反《そ》りが合わないからって、ああいう言い方をするのはよくなかった。

できるだけ残業をしない。誰かを特別扱《あつか》いしたりはしない。

それはポリシーというよりは、性格的なものに近かった。

一日のタイムスケジュールを決めていて、その通りに日々を過ごしているのも同じで、それが自分の「性格」だからだ。そうしないといけない、と思っているのではなく、そうしたほうが気持ちがいいから実行している。

融通がきかない、と言われるのも好きではない。自分はルールを守っているだけだ。それをまるで悪いことのように咎《とが》められるのは納得がいかない。

昔はこの性格が所以《ゆえん》で他部署の社員ともめることもあったが、その度に人のいい課長が間に入ったり、倫理をフォローしたりしてくれていた。

――さっきも、似たようなことをさせてしまった。

まあまあ、と言いながら割って入ってくれた課長に、再び申し訳ない気持ちが湧いてくる。

――今日は、反省することが多い。

これはいけないな、と淀《よど》んだ気持ちを抱《かか》える。今夜は入浴と夕食を済ませたら、趣味にでも没頭《ぼっとう》しようと心に決めて帰途についた。


月次決算の締日が近づいてくると、経理部にやってくる人数も増える。

締日の一週間前から社内メールで通達はしているが、どうしても遅れてくる者は一定数存在していた。概《おおむ》ね期日を守ってくれる社員ばかりだが、いつもギリギリに持ってくる社員が集まっている部署がある。それが営業部だ。

ギリギリだろうがなんだろうが間に合っていれば一向に構わないのだが、大概間に合っていないのが常である。

「山田《やまだ》さん、お願いします」

「はい、お預かりします」

その中で、必ず時間を守ってくれるのが、今眼前にいる営業一課の大町《おおまち》だ。彼は入社五年目になる営業部員だが、新卒の年からずっと決まりを守ってくれている。

現在の時刻は十七時五十分で、彼は午後一番に既に領収書を持ってきた。今は、別件である小口現金のことで顔をだしているだけに過ぎない。

そもそも締日にただ領収書を持ってくればいい、というものではない。定時である十八時までの、経理部員が受理できる時間——大体十五分前までに適切に処理をした領収書が提出されなければいけない、という決まりがある。それを過ぎれば当然受理はされないし、領収書だけを駆け込みで持ってこられても困る。

だが拡大解釈をすれば、「一人でも経理部に残っていれば受け付けてもらえる」となり、残業を強《し》いられる。

それは歓迎しがたいことである一方でずるずると続いていた悪《あ》しき習慣だが、きっぱり断れる倫理《みちのり》が入社したことで、事態が一変した。

「どうかしたんですか?」

よほど鬱々《うつうつ》とした顔をしていたのか、大町が心配そうに顔を覗き込んでくる。年は近いはずなのだが、やはり若干彼のほうが若いからだろうか、それとも内面の明るさの違いか、その顔はきらきらして見えた。

「……いいえ、みんなが大町さんみたいに締日を守ってくれたらいいのにな、と思って」

大町も過去に一度だけ、時間を破ったことがある。けれどそのときは事前に「どうしても三十分遅れそうです」と連絡してきて、あの大町がお願いをするなんて滅多《めった》にないことだと思い、倫理も珍しく居残りをして領収書を受け取った。

だが大概の営業部員はいつも当然のように遅れてきて、調子よく「ね、お願いしますよ〜」と押し付けていくのだ。

「あぁ……すみません、僕からもちゃんと言っておきますね。営業部って、『こっちは仕事で忙しいからしょうがない』みたいな人多いですからね」

それが営業部の大町の口から出るとは思わず、倫理は小さく笑った。

「でも、守らないのは営業部さんだけってわけじゃないので」

手を動かしながらそんな遣り取りをしていたら、廊下から大きな足音が聞こえてくる。恐らく走っているのだろう、どたどたと騒がしい音は経理部の前で止まった。

そして、営業部の富田《とみた》という男性社員がドアを開く。急いで来ましたとばかりに息切れしながら、満面の笑みだ。

「すみません、領収書持ってきたんですけど、受け付けてくださーい」

「もう時間は過ぎてます」

そう言って遮ると、富田はあからさまにムッとした顔をした。

「でもまだ山田さんいるし、別に翌日に跨《また》がったってわけじゃないんだからもうこれセーフでしょ？　ね？　お願いしますよ」

「でもルールはルールですから」

更《さら》に食い下がられたが突っぱねると、富田はきょろきょろと室内を見回した。そして「染谷《そめや》さんは？」と不満げに問う。

染谷は一時間ほど前から他部署との打ち合わせに出ていた。そろそろ戻ってくる頃合いだが、

「いません」と事実を伝える。

ち、と舌打ちをして、富田は「あーあ」と大きな声をあげた。

「普通それくらい融通するでしょ。有り得ないよね、俺たち忙しいのにさ。染谷さんなら引き受けてくれるよ？」

染谷が入社してから何度も投げつけられた科白に、眉根が寄る。

――ルールを守っているだけなのに、どうしてこういう言われ方をされなければならないんだろう。

反論するのもバカバカしくて黙り込んでいると、大町が「あのさ」と口を挟《はさ》んだ。営業部同士で顔見知りなのだろう、富田は初めて大町の存在に気づいたようで「大町いたの？」と驚いている。

「お願いしている立場なのに、そういう言い方はないいんじゃないの？　もっと余裕を持って提出すればよかっただけの話なんだから」

同じ部署の人間に注意されて、富田はばつが悪そうに口を噤《つぐ》む。

「でもさ」

「——まあまあ、まあまあ」

営業部同士で言い合いが始まりそうになったところを、課長が割って入ってきた。上長に止められて、彼らははっと居住まいをただす。

「それくらいで。これは預かりますから」

そう言って、富田の手にあった領収書を課長が取る。だがそれを処理するのは課長ではなく倫理なので、勝手に承諾《しょうだく》されて胸が蟠《わだかま》る。

富田は「よろしくお願いします」とぼそぼそと呟いたあと、「最初から黙ってそうしてくればいいのに」という捨て科白を吐いて逃げるようにいなくなる。大町は「富田！」と声をあげ、それから倫理たちに会釈をして出ていった。

そこに、タイミングがいいのか悪いのか、染谷が戻ってくる。

「どうしたんですか、今の？」

経理部から営業部員が二人、走って出ていったのだから疑問が湧くのも当然だろう。課長は受け取ってしまった領収書を倫理と染谷のどちらに渡すか迷っているようで、ちらちらと二人を交互に見ている。倫理は黙したまま課長の手から領収書を取った。

「染谷さん」

着席した染谷は、名前を呼ばれて顔を上げる。

「多少は、ご自分の裁量でできると判断した上で引き受けてくださって結構ですけど、できればルールは守って欲しいです」

社員の中で経理関係のルールが緩くなり始めてきている。先程の富田のように、最近特にそれが顕著《けんちょ》になってきたように思えてならない。

「ルールは守らないと自分だけじゃなくて他の人の負担にもなるので、ちょっと控《ひか》えてください。オーバーワークだと思います」

染谷は微《かす》かに目を瞠《みは》った後、「そうですね」と頷いた。

「気をつけます、すみません」

「でも……前もそう言いましたよね」

ここまで追及したことはなかったが、染谷にこのことについて言うのは初めてではなかった。けれどこのタイミングでこれらを言うのは、自分が彼に不満をぶつけていることにほかならないとも気づいていた。

嫌な気持ちがうずまいて、指先が震える。自己嫌悪が胸の奥で膨《ふく》らみ始《はじ》めたとき、染谷が口を開いた。

「そうですね。でもそのときも、『承知しました』とは言いませんでしたよ。多少は融通きかせないと、自分も苦しくなりませんか?」

「は――」

八つ当たりをしたような気分になり、罪悪感すら覚え始めていた気持ちが、その一言で吹っ飛ぶ。染谷はそんな倫理の心情を知ってか知らずか、にっこりと笑って倫理の手にあった領収書を取った。

「あ、定時ですよ。山田さん」

「……帰ります」

返せ、という気にもならず、倫理は無表情のままくるりと踵を返した。パソコンの電源を落とし、鞄《かばん》を取って立ち上がり、退勤処理を済ませて「お疲れ様でした」とドアを閉める。閉める瞬間、視界の端に映《うつ》った染谷が笑顔で手を振っていたような気がしたが、見ないふりをした。

大爆発しそうな怒りを無表情で抑えながら帰宅し、洗面所で手洗いうがいを済ませて、風呂に湯を張る。その間にネクタイとスーツを吊《つ》るし、シャツと下着類を洗濯機へ放り込む。いつもどおりに十九時に入浴し、十九時半には夕飯を開始し、後片付けを済ませたらすぐに机に向かう。

最新の簿記検定三級の過去問題集を本棚から取り、アラームをかけてそこから二時間ひたすら、問題集を解くのに費やした。

複式簿記において取引を記帳する場合、ひとつの取引をふたつの要素に分解し、それらを左右の列に分けて記録する。このとき、左右の合計金額は必ず一致する。これを貸借一致《たいしゃくいっち》の原則というのだが、合計金額が一致した瞬間の達成感といったら、「快感」と言ってもいいと倫理は思っている。

それが、倫理のストレス発散法だ。

――落ち着く。

ガリガリとシャープペンを走らせ、電卓を叩き続けていると、徐々に心が落ち着いてくる。答え合わせをするごとに、ささくれだって荒れていた気分が凪《な》いでいくのが自分でもわかるのだ。

こうして簿記検定の試験問題を解くのは、倫理の唯一の趣味だ。

三歳年上の兄が商業高校へ進学し、簿記を学び始めたのをきっかけに、自身でも勉強を始めた。三級を受験し合格したのは中学一年生のときで、二級には中学二年生で合格している。それ以来、ずっと倫理の趣味は「過去問題集を解くこと」だ。

二級ではなく三級の問題を解くのは、こちらのほうが適度に頭を使えて、且《か》つ初見の問題であっても正答率がほぼ百パーセント近いからだ。達成感だけがあってストレスがない。

問題を解いている間は他になにも考えずに没頭できるし、正解すれば達成感が得られる。簿記検定の試験は五つの大問が設けられており、その中でも配点の高い第三問、第五問を解くのが特に楽しい。

けれど、問題文の決算整理事項等に目を通して仕訳《しわけ》をしている最中に、不意に染谷の顔が浮かんでシャープペンの動きが止まった。

――なんであんな人のこと。

繊細《せんさい》な彼の美貌が脳裏を過るのを、倫理は頭を振って散らす。一時はすっきりしたはずの気持ちに再び靄《もや》がかかるような心地がして、集中しようと再度シャープペンを走らせた。

そしてアラームが鳴るのとちょうど同じタイミングで合計金額を書き終えたが、左右の合計値が合わないことに気づいてショックを受ける。

――なんで？　どこで間違えた？

初見の問題というわけでもないのに、と激しく落胆《らくたん》しながらミスした箇所《かしょ》を探す。単純な、消費税の仕訳のミスだった。

こんな初学者のようなミスをするなんてとやり直しをしようとしたものの、アラームは既に鳴っている。

就寝時間を守らないわけにはいかず、やむなく問題集を閉じて机の上を片付けた。

――どうも、最近すっきりしない……。

ごそごそとベッドに潜《もぐ》りながら、倫理は眉を寄せる。

今日も、せっかくストレス発散をしようと思っていたのに、ミスをして却《かえ》ってフラストレーションが溜まってしまった。

電気を消して目を閉じると、再び染谷の顔が浮かんでくる。

――なんでまたあの人の顔が出てくるんだ。

もやもやと胸の奥が落ち着かなくなってきて、胸元を掻いた。それでも気分はすっきりせず、散れ、と顔の前で払うように手を振る。

したり顔で笑う染谷が思い出されて、倫理は苛立《いらだ》ちにも似たすっきりしない気分を抱えたまま就寝した。


昼休み中、他の同僚たちが皆食事をしに出ていったあと、倫理《みちのり》は屋上でひとり昼食をとっていた。屋上はベンチがあるわけでもなく、周囲もオフィスビルばかりで見晴らしがいいわけでもないのであまり人気がない。社員向けに開放されてはいるものの、常用している者は倫理も含めていないようで、今日は貸切状態だ。

適当な場所に腰掛け、柵《さく》に身を預けて弁当を広げる。

染谷《そめや》も昼食は外に出ているようなのだが、なんとなく鉢合《はちあ》わせるのが嫌で、昼休みに入るなり逃げるように屋上に来てしまった。

性格の合わない相手など、今までにも沢山いた。

なにを考えているのかわからない。お前むかつくんだよ。そんなふうに言われたこともある。そういうとき、いい気はしないけれど動揺することはさほど多くはなかった。確かにそうだろうな、と納得したたし、だからといって自分の性格を彼ら好みに合わせる気も毛頭《もうとう》なかったからだ。

——なのに。

はあ、と大きな溜息を吐く。

……どうして、こんなに引っかかるんだろう。

今までの「気に食わない」と言ってきた人たちと違い、彼は倫理を咎めることはない。むしろ、こちらから咎めることがあるくらいで、染谷自身は倫理に対してマイナスの感情もなければプラスの感情もないといった風情《ふぜい》だ。

それらのことを考えると、決して嫌な人ではないのに。嫌な人どころか、きっといい人なのだろうなとも思う。

頭ではそう思っているのに、もやもやとした気持ちが胸の奥に滞留して気持ちが悪い。

——違和感があるんだ、なんだか。

それは、計算の間違いを引き起こす数字に似ている。

沢山並んだ数字の中に、妙に違和感を覚える箇所がふわっと浮かんで見えることがあり、染谷はそれを想起させるのだ。

——経理らしからぬ社交的な人だからだろうか。

世の中の経理部員が聞いたら怒り出しそうな仮説を立てて、倫理は私物の問題集用のノートにひたすらに仕訳を書いていく。

倫理はいつも弁当を食べる傍《かたわ》らで、昼休み中延々と簿記の問題集を解いていた。問題集はスキャンして、携帯電話にデータを入れてある。

先日と違って調子が戻ってきたらしく、今のところ誤答もない。心も落ち着いている。

心頭滅却《しんとうめっきゃく》——そんな言葉を頭に浮かべながら黙々とシャープペンを走らせていたら、屋上のドアが開く音がした。

反射的に顔を上げる。そこにいたのは、避けたはずの染谷だった。

目がばっちり合ってしまい、互いに固まる。彼は他に人がいると思わなかったのか、驚いたように目を丸くしていた。

そして染谷の傍らには、染谷よりも背の高い、ちょっとくたびれた風情の、眼鏡の男性社員が立っている。

ひとまず、倫理は「お疲れ様です」と頭を下げる。二人とも同様に「お疲れ様です」と返した。

「山田《やまだ》さん、いつもここでご飯食べてるんですか？」

染谷がにこやかに話しかけてくる。

彼の隣に立つ男性とは直接話したことはないが、総務部のあたりで見かけたことがある。名前が思い出せない。

「時々です。お二人は……昼ごはん、じゃないですよね？」

二人が手ぶらなのでそう指摘すると、男性が胸ポケットからソフトケースの煙草《たばこ》を取り出した。煙草を吸いに来た、ということなのだろうが、倫理は思わず眉をひそめる。

「ここ、喫煙所じゃないですよ」

倫理の指摘に、男性はああ、と顎《あご》を引く。

「すいません、喫煙所がいっぱいで。吸い殻《がら》入れは持ってきてるんで」

「持ってても駄目だと思います。煙草は指定の場所で吸ってください」

嫌煙者というわけではないので煙草を吸うこと自体は個人の自由だと思っているが、社のルールを守らないのはいただけない。

強めの口調で言ってしまってから、はっとする。こういう物言いをして「その言い方はなんだ」と言われることが多いのに、学習しない。

だが男性は機嫌を損ねた様子もなく、無精髭《ぶしょうひげ》の生えた顎を掻きながら、「確かにそうだ」と口にして煙草を胸ポケットにしまった。

「じゃあ、やっぱり大人しく喫煙所に行こうかな」

「それじゃまた」

そう言ったので揃って立ち去るのかと思いきや、染谷は何故か屋上に残って男性を見送った。

——え、なんでここに残るの。

咄嗟に浮かんだ疑問が口から出そうになって、慌てておにぎりで塞《ふさ》ぐ。

ギイ、と軋《きし》んだ音を立ててドアが閉まり、染谷が振り返った。

「どうしたんですか?」

むしろこちらからしたい質問を投げられ、思わず「えっ」と声を上げる。

「凝視《ぎょうし》してるから」

一緒に行かないんですか、と言いかけて、まるで追い出そうとしているように聞こえるかもしれないと躊躇《ちゅうちょ》する。

別になんでもないです、という返事もそれはそれでなんだか不自然に誤魔化した感は否《いな》めない。悩んで、先程ふと浮かんだ疑問を口にする。

「さっきのって総務部の人でしたっけ」

倫理の問いに、染谷は「半分合ってます」と言った。

「半分?」

「社史編纂室《へんさんしつ》の人です」

「ああ、なるほど。どうりで見覚えのある方だと思いました」

鷹羽紡績《たかばぼうせき》の社史編纂室は、社内出版部とも言える部署で、案外出張や外出が多い。そのため、よく旅費交通費やその他経費の申請《しんせい》をしに経理部に顔を出す。そういえば総務部直下の部署だったかもしれない。

――……知り合いなのかな。

彼らは、なんだかやけに親しそうな雰囲気に見えた。

既知の仲というよりは、業務を続けているうちに顔見知りになった可能性もある。推理しつつ、どちらにせよ自分には関係ないことだと思い至った。

「――山田さん」

不意に声をかけられて、びくっと背筋を伸ばす。慌てて眼鏡のブリッジを押し上げた。

いつの間にか真横に来ていた染谷が、倫理の手元を覗き込んでいる。

「昼食時間削《けず》ってお仕事するほどならお手伝い……と思ったんですけど」

「これは仕事ではないので、手伝いは無用です」

拒むように掌《てのひら》を染谷に向ける。

染谷は眼鏡の奥の形のいい瞳をぱちくりと瞬《しばた》き、倫理の顔と手元を見比べた。

「これ、簿記の過去問じゃないですか？　しかも三級？　山田さん、二級まで持ってるんじゃありませんでしたっけ？」

「持ってます。これは趣味です」

「趣味？　趣味って？」

あなたには関係ないです、と頭では思っているはずなのに、矢継ぎ早に問われてあわあわと答えてしまう。

高校、大学とこの趣味を話すと変人扱いされたので、どうせ染谷もと身構えたが、彼は「へー」と感心したように頷いただけだった。

「でもわかるかも。経理の人はみんなそうだと思いますけど、貸借一致すると『よっしゃ』ってなりますすよね」

まさか肯定が返るとは思わず、反応に困って硬直してしまった。そんな倫理に気づいているのかいないのか、染谷がもう一歩近づいてくる。無意識に後退《あとずさ》ってしまったが、背後には柵があってそれ以上下がれない。

「山田さんって算盤《そろばん》と暗算も段持ちなんですよね？　子供の頃からやってたって……やっぱり有利ですか？」

「な、なんで知って」

「え？　だって歓迎会のときそんな話してましたよ」

そうだったっけ、と首をひねる。彼の歓迎会のときの記憶があまりないのだが、確かにそんな話をしたような気もしてきた。

「算盤と暗算、合わせて十段って」

「そんな武術の達人みたいなこと言いましたっけ……？」

思わずそんな感想を言うと、染谷はぷふっと噴き出した。

「剣道と柔道を合わせて十段とかならすごいと思いますけど、算盤と暗算はセットで行うようなところもあるので、合わせたところで強さが増した感じがしないというか……」

真面目に答えたつもりなのに、染谷はなにがおかしいのかなるほどなるほどと言いながら笑っている。

「まあでも、段とかまでは別にいいですけど、僕も子供の頃やっとけばよかったーって思いました、簿記取ったとき」

「いえ、でも、やってないよりはやってたほうが、ってくらいですよ。そもそも簿記は電卓使うので、計算能力自体はあまり必要ないですし」

むしろ当初は電卓での計算に慣れず、暗算でやったほうが早いのではと思っていたくらいだった。

「山田さんにとってストレス発散にもなるし、思考の整理にも使ったりできるし、鎮静《ちんせい》作用もある、ってことなんですね。自己肯定感も高まりそうで、すごくいいですね」

自己肯定感、という言葉に、かっと頬が熱くなる。

彼が悪い意味で言っているわけではないというのは理解できるのに、なんだか無遠慮《ぶえんりょ》に内面を暴かれたような気がした。そんな自意識過剰《かじょう》な反応に更に恥ずかしくなる。

真っ赤になった顔を隠すように口を噤んでうつむいていると、気づいたわけでもないだろうが染谷が話題を変えた。

「お弁当、持参なんですね」

「あ、はい。昨日の残り物とか詰めるだけですけど」

普段、そんなことを訊《き》かれたらまあそうですねと頷くに留めるところだが、やっと趣味の話題が逸れたので、話をもとに戻してはならないと思い焦って会話を繋《つな》げた。

倫理の返答に、染谷は「え」と目を見開く。

「手作り？　これ全部自分で作ったんですか！　すごい！」

揶揄《からか》うようでもなく、本当に心から感心してくれているらしい科白を意外に思う。けれどすごいと言われるようなものを作っているわけでもないので、却っていたたまれない。

「いや、すごくないですよ。全然。本当に残り物とかなので……」

わざわざ弁当用に料理を作るということもなく、弁当にしようと決めたら前日の夕飯を多めに作って、密閉容器に詰めておくのだ。

翌朝はおにぎりを握る程度で、気が向いたら卵を焼いたりして終わりだ。なんの手間もかかっていない上に普段の食卓を見られているような気分になって、心持ち手で隠してみるが、染谷は感心した様子で弁当箱を覗き込んでいる。

「いやいや本当に。僕は全然料理しないので、料理できる人って心からすごいと思います」

「え、ごはんとかどうしてるんですか」

「外食かコンビニかスーパーとか……そもそもうちに鍋《なべ》とか調理器具がないです。料理しないっていうか、できないし」

十代の頃から自炊をしている倫理には、とても信じられない。

なにより、いつもきちんとしていて、なんでもできそうな雰囲気のある彼が「料理ができない」というのにも驚く。休日のブランチにオシャレなカフェ風プレートを作ってそうな見た目をしているのに意外だ、とそれこそ偏見《へんけん》に満ちた考えを抱く。

「これはなんですか？」

大きめの密閉容器の中に収められた茶色いお惣菜《そうざい》を、染谷が指差す。

「これは……ナス味噌《みそ》炒《いた》めです」

普通、色止めに一旦《いったん》油で揚《あ》げたりするものなのだが、面倒で時間もかかる上に油も勿体《もったい》ないので、たっぷり沸かしたお湯に油を入れて、野菜に火を通すにとどめている。多少色止めにもなるし、材料に均一に火を通していることもあり、炒める時間が短くて済むのだ。

火を通したなす、ピーマン、人参に、青じそと炒めた豚肉を加え、合わせ調味料を入れてわーっと炒めたら完成である。できたてはそれなりの彩《いろど》りだが、翌日の昼に見ると全体的に血色の悪い感じのお惣菜だ。

その横に、茹《ゆ》でたスナップえんどうとゆで卵を添えただけのものが今日の弁当のおかずである。人に見せる想定で作っていないので、仕切りもないし彩りも絶妙に微妙な加減だった。

「大きいおにぎり、なんか変わった色ですけど……茶飯？」

「あ、これは……もち麦と玄米なんです」

普段は赤しそのふりかけを混ぜたりもするが、今日はナス味噌炒めの味が濃いので、薄めの塩で握っただけにしておいた。

「もち麦と玄米！　……意外。健康志向なんですね」

オシャレな感じ、と染谷が感心してくれてしまったので、慌てて首を振る。これは決して、ヘルシー志向というわけではない。

「そういうわけじゃなくて、これは糖質を抑えるっていうか」

「糖質制限してるってこと？　そんなに細いのにダイエットしてるんですか？」

違います、ときっぱり否定する。もっと色気のない、実用的な理由なのだ。

「そうじゃなくて、眠くならないようにです」

「眠く？」

鸚鵡《おうむ》返しに問われて、こくりと頷く。

「糖質の高いものをお腹いっぱい食べると、お昼に眠くなっちゃうじゃないですか。なので、腹持ちがよくて血糖値があがりにくいものを昼に食べるようにしたんです」

経理部も毎日が戦場のように忙しいわけではない。だが、居眠りなんて言語道断である。かと言って、量を減らして腹が鳴ったら静かな部内では非常に目立つ。

考えた結果、昼にはもち麦をブレンドした玄米のおにぎりを食べることにしたのだ。炭水化物自体は好きなので、夜は白米や麺《めん》を食べる。

「そうすると程よい時間に眠くなるので快適な入眠が……」

滔々《とうとう》と語っていた倫理は、はっと染谷を見る。染谷は形のいい唇を震わせて笑いを堪《こら》えているようだった。

「……なんですか？」

「いや、……なんか意外で。結構食べるんですね、山田さん」

「普通だと思いますけど」

女性が食べる分には多めだと思うが、倫理は平均的な二十代の男性なので、男性の平均くらいは食べる。おにぎりふたつは、合わせて一・五合分ほどだ。

「それに、美味《おい》しそうに食べる」

「普通だと思いますけど」

再度まったく同じ返しをしたら、染谷は笑った。

むしろ、黙々と食べるので、うまいのかまずいのかよくわからない、と言われることのほうが多い。

変わった人だと思いながらの返しだったが、なにがおかしいのか染谷は先程からずっと楽しげだ。

「あーでもほんと美味しそうですね。いいなあ、最近手作りとか全然食べてない」

いいないいなぁ、と染谷は繰り返す。

「ええと……食べますか、一口」

「え。いいんですか？」

本人的にはそんなつもりはないかもしれないが、顔の整った人というのは、どうしてこう眼力があるのだろうか。

要求されたような気分になったのを黙殺する胆力《たんりょく》もなく、倫理は密閉容器をフォークごと渡した。

「あ、食べさせてくれるのかと思った」

「？　だから、どうぞ？」

「……いただきます」

染谷は軽く頭をさげて、ナス味噌炒めを一口口に運ぶ。

繊細とも言えるくらい整った顔立ちの彼が大きく口を開けて食べる様子が意外で、倫理は目を瞬く。先程から倫理に対して意外だ意外だと言っていたが、彼もよほどだ。

もぐもぐと咀嚼《そしゃく》して、「美味しい！」と笑う。庶民的なものが似合わないように見える彼の口に合ったようだ。

いつも取り澄ました顔がまるで子供のようにほころぶ。

「山田さん、料理お上手《じょうず》なんですね。普段からやってる人の味だ」

「なんですかそれ。そんなのわかります？」

いい加減なことを言う染谷に、思わず笑ってしまった。

和やかな空気が流れ――そのことに気づいてはっとする。

いつもは反りが合わないはずの間柄《あいだがら》の二人に流れた「普通の空気」にそわそわしていると、染谷は上体を屈《かが》めて顔を近づけてきた。

不意に接近した顔に、息を呑む。

「どうかしました？」

「いえ……。あの、食べ終わったなら」

「ああ、すみません。ごちそうさまでした」

密閉容器を返してくれたのはいいのだが、その後も染谷が立ち去る気配はない。

彼を避けてわざわざ屋上に昼食をとりにきたはずなのに、どうしてこうなっているんだろうと内心首を捻《ひね》る。そして、何故か立ち去らない染谷も謎《なぞ》だ。

昼休みギリギリまでいようと思ったけれど、こうなったらさっさと食べ終え、彼を置いて自分がここを立ち去ったほうが早い。

やはり何故か倫理を注視している染谷のことは気にしないようにして、黙々と食べ進める。

もはや口に押し込むような状態で平らげ、腰を上げた。

ごゆっくり、と言おうとしたら、染谷がすぐに後に続く。

――なんで一緒に来るんだ。

困惑している倫理をよそに、染谷は「山田さん」とのんびり声をかけてくる。

「フォークとお弁当箱、給湯室で洗ってきますよ」

「あの……わざわざいいです、そこまでしなくて」

たった一口味見をしたくらいで、そんなに気を遣わないでほしい。

「そうですか？」

「そうです」

速歩きで経理部へ戻るが、足の長い染谷は当然置いていかれることもなく悠々と並ぶ。

挙動不審だと思われてやしないかとドキドキしながら経理部のドアを開いた。

「……あれ？」

まだ誰もいないはずの室内に人影がある。

書類棚の前に立っていたのは、営業部の大町だった。彼は振り返って倫理たちに気づき、にっこりと笑う。

「お疲れ様ですー」

「大町さん、お疲れ様です。すみません、なにか用事でした？」

染谷と二人きりという気まずい状態が解消されたことで、ほっと胸を撫で下ろす。

大町は静岡に行っていたらしく、旅費交通費の精算をしにやってきたとのことだった。

「今からまた社外に出る用事があるので、昼休み中に申し訳ないと思ったんですけど顔を出しちゃいました」

「あ、いいですよ。受け取るだけなので」

「すみません」

領収書とともに仮払金の残りを封筒に入れたものを出しながら、大町が染谷のほうへ顔を向ける。

「羊羹《ようかん》とかお好きですか？」

唐突な質問に、染谷は目を丸くする。

「いえ、和菓子の類は苦手で」

「あー、そうですか、残念。お土産《みやげ》……というよりはお裾《すそ》分《わ》けで、人数分はないんです。じゃあこれ、山田さんだけに」

そう言って大町が手を差し出すので、倫理は反射的に両掌を上に向ける。そこに、緑茶味の小さな羊羹が置かれた。食べきりサイズに個包装されたお菓子だ。

「前に羊羹お好きだって言ってましたよね？　ほんの少しで申し訳ないんですけど……」

「いいんですか？　ありがとうございます」

以前交わした会話の内容を覚えていてくれたらしい。

羊羹が好きというのもあるが、経理では出張に行くことなど滅多にないので、他県のお土産というだけでちょっとわくわくしてしまう。

内緒にしてくださいね、と大町は指を自分の唇に当てる。こくこくと頷いた倫理に会釈をして、出ていった。

「今の、営業部の大町さんですよね。あの人と仲いいんですか？」

「いえ、そういうわけじゃないですけど」

いつも期日や経理のルールを守るというだけで倫理の中では好感度が高い。彼もまた倫理を「気難しい」とは思っていないようだ。だからこそ、大町には構えずに接することができているのかもしれない。

それで親しく見えたのだろうか。けれど、時間外に話をすることもないので、仲がいいとはいえないと思う。

曖昧《あいまい》に首を傾《かし》げれば、染谷は「それより」と話題を変えた。

「さっき、書類棚の前でなにしてたんでしょうね？」

「そんなに面白いものもないいんですけどね」

来てみたら誰もいなかったので、暇《ひま》つぶしになるものでも探していたのかも知れない。経理には特に面白みのあるものはないので、きっと困ったことだろう。

「大町さんって、営業さんの中でもよく見かけますよね」

「フットワークが軽いっていうのもあると思いますけど、営業でトップの成績らしいです」

色々なところへ飛び回っているので、彼は他の営業マンよりも経費を多く使う。ただ、その何倍も会社に利益をもたらしているし、なにより金の使い方が明朗だ。倫理は一度も、彼に「これは経費にならないんですよ」とか「申請書の書き方が間違っている」などの、他の営業部員によく言う科白を口にしたことがない。

「結構夜遅くに会社に戻ってくることもあるみたいですね」

経理部は大概定時で上がることのできる部署だが、決算の時期になると残業が続く。昨年度末は税率改変などの関係で手こずり、経理部全員が残業につぐ残業を強いられた。染谷は昨年度入社だったので、初の決算業務が例年よりも忙しいというちょっと可哀想《かわいそう》な目にあったのだ。

そのときに、大町や他の営業の姿も見ていたのだろう。

「営業さんは決算期もですけど、締日近くなるとやっぱり遅くまで残る人が増えますよ」

鷹羽紡績の営業部には厳しすぎるノルマはないというが、達成目標や、成績争いのようなものがあるのだと聞いたことがある。契約が月末になるか月初になるかという瀬戸際で、遅くまで粘ることもあるらしい。

へえ、と染谷は頷いた。

「……そろそろ締日ですけど、頑張りましょうね」

そんなふうに声をかけると、染谷は意外そうに目を丸くする。

そして、頑張ります、と笑った。

締日が近づくと、殺気立つのは経理部だけではない。営業部の場合は特に、月を跨《また》ぐか跨がないかで成績に響くこともあるし、なにより経費と認められなかった場合、自腹を切るということになる。

他部署、例えば企画部や社史編纂室のように「取引先」との接触が多くはない部署などは、接待交際費に条件と上限が設定されている。条件をはずれたり上限を超えたりした場合は自腹となる。

一方、営業部は旅費交通費や接待交際費に上限はない。だから、煩雑《はんざつ》な手続きもなくスルーパスのような状態で領収書が届くわけなのだが、それは領収書がきちんと条件通りであれば、の話だ。

「だから、この領収書は受け取れません」

営業部に向かい、そう言って領収書を二枚差し戻すと、書類と向き合っていた営業部の牟田《むた》は、ちらりと倫理《みちのり》の顔を見上げた。そして領収書と倫理の顔を見比べて、椅子の背凭《せもた》れに身を預ける。

「そう言わずに頼むよ。結構金額でかいの見てわかるっしょ?」

お食事代として、一万一千円也《なり》、と書かれた領収書には、宛名が書かれていなかった。店名も書かれておらず、市外局番抜きの電話番号のみが書かれた小さな紙片だ。もう一方はレシートのような感熱シートに印字された領収書で、宛名に「上」と書かれている。こちらはファミリーレストランのもので、食事代の二千七百五十円。時刻は深夜二時となっていた。

「金額の大きさは関係ないです。こちらは決まりが守られてないので受け取れません」

「そう言わずにさ、頼むよ。同期のよしみで」

確かに彼とは同期入社だが、配属前の新人研修でほんの少し会話をしたくらいで、「よしみ」という程のものはない。

「……そう言われても、どうにもできないです」

無理なものは無理なので受け取れない。これは相手がごねようと変わることではない。

大きな金額だと思うのなら、慎重《しんちょう》になるべきだ。次回気をつけてもらうしかない。彼が納得していようとしていまいと倫理の用件は済んだので、踵を返そうとした。

だが、大きな溜息に阻《はば》まれる。

不機嫌です、というのを盛大にアピールするためのそれに、倫理は嫌なふうに緊張した。

「あのさ、俺忙しいんだよね!」

怒鳴るとまではいかないが大きな声を唐突に出されて、内心動揺する。まるで自分だけが忙しいような口ぶりに、倫理は目を瞬いた。

営業部には今あまり人がいない。営業部長と、男性社員、あとは営業事務の女性が三人いるばかりだ。彼らは、大声とともにこちらに一瞥《いちべつ》をくれただけだった。

「別に仕事に戻ってもらっていいです。これを返しに来ただけなので」

それ以上してもらうことはなにもないので、忙しいか暇かは大した問題ではない。

だがその言い方にカチンと来たようで、牟田は「だから忙しいって言ってんだろ。面倒かけさせんなよ」と言い捨てる。

「……忙しいのはこちらもなんですが」

「経理とは忙しさが違うんだよ。あのさ、なんでこれくらい融通きかせられないわけ？」

ルールを守ってくれれば特にこちらから言うことはない。つまり、悪いのはそちらのほうのはずなのに、まるで責めるような口調に閉口する。

こういう言われ方をされることは時折あって、新人の頃は全て素直に言い返して大変な目にあったので、それ以来できるだけ口を挟まずに逃げるようにと課長から言いつけられていた。

「融通、と言われても」

「こっちはお前みたいになんのプレッシャーもなく数字に向かってりゃいいって仕事じゃないんだよ。利益生み出すために仕事してんの、わかる？」

確かに営業部と違って経理部は直接的な利益は生み出さないが、「なんのプレッシャーもなく」というのは心外だ。

反射的にムッとしてしまう。だからといって口論になるのは得策ではない。小さく深呼吸をして湧き上がりかけた憤りを抑えて軽く頭を下げる。

「……失礼します」

待てと言われる前にさっさと営業部を出てしまおうと話を切り上げると、牟田が立ち上がった。

「お前さ、昔からそうだよね。空気読まないっていうか、ちょっと人に気遣いとかできないわけ？　誰かが忙しそうにしてたら、助け合うもんだろ」

じゃああんたは俺が困っていたら助けてくれるのか、と思いもするが、そんな問いは口にするだけ無駄だ。

「コミュ障も大概にしないと、この先一生――」

「失礼します、どうかされましたか？」

突如《とつじょ》割って入った声に、いつのまにか俯《うつむ》けていた顔を上げた。

二人の間に、染谷《そめや》が立っている。無意識に詰めていた息を、ほっと吐き出した。

突如現れた染谷に、牟田は戸惑い、気まずげに作り笑いを浮かべている。第三者が入って狼《ろう》狽《ばい》するということは、先程の己の言動が筋の通ったことではないとはわかっているらしい。

牟田は急速に頭が冷えたようで、いや、別に、ともごもごと言いながら腰を下ろした。

「そうですか」

美しい顔に笑みを浮かべて、染谷はさりげなく退室するように手で倫理を促《うなが》す。踵を返し、すぐに廊下に出た。

――なんだか、すごく疲れた。

嘆息しつつ廊下を歩いていたら、すぐに染谷が追いついてきた。

「災難でしたね」

傍らに立って染谷が言う。彼はもうひとりの営業部員に、過去の見積書を渡しに来ていたらしい。それだけの用事だったので、すぐに済んだようだ。

「さっきは、ありがとうございました」

「いえいえ。ドアを開けたら理不尽に詰め寄られていたので、びっくりして割って入っちゃいました」

ひとりで躱《かわ》せなかったのも恥ずかしいが、見過ごさずに助け舟を出してくれる染谷のことをすごいと思う。倫理だったらできない。仲裁下手《べた》が過ぎて、余計大きな争いごとになりそうだ。

「情けない話なんですが……昔からこうなんです、俺」

「こう、とは?」

融通がきかず、空気を読めと相手を怒らせる。

笑ったつもりが失敗し、口元が歪む。染谷が優しく肩を叩いた。

「でも、それはあなたのいいところでしょう?」

「え……」

「ルールを守ることって、悪いことじゃありませんよ。勝手なルールを強いるのもよくはありませんけど、守らないといけないことは守らないと。大人なんですから」

そう言って、もう一度染谷がぽんと肩を叩いた。

先程からずっと体中にのしかかっていた重力のようなものが、ふっと軽くなる。そんな自分に戸惑って、倫理は内心激しく動揺した。

「……まあ、僕が言うことではないかもしれませんけど」

「え?」

どぎまぎしながら聞き返すと、染谷は眉尻を下げた。

「経理のルールを若干無視してしまっているでしょう? ……すみません」

以前その件を注意したこともあるし、先程絡まれていたのも大本《おおもと》は染谷が決まりを緩めて仕事をしていることに起因している。

けれど責める気が起きなかったのは、彼が本当に申し訳なさそうな顔をしていたからだ。

そんなふうに謝るならちゃんと時間に厳しくしてください、と思う。以前の倫理だったら、相手が恐縮していようといまいと本人に直接言っていたかもしれない。だが、どうしてか強く言う気が起きない。むしろ、どうにかフォローせねばという気になってしまった。

ええと、と若干慌てながら、倫理は首を振る。

「いいんです、それにルールを守るのって変だって、言われますし」

例えば、交通量がまったくない場所でも赤信号を守るとか、廊下を走らないだとか、そういうことをいちいち守るのは真面目だとかちゃんとしていると言われる。有事の際はその限りではないが、一方で全てを頑《かたく》なに守りがちだといえば「変だ」と言われることも多い。

倫理にとって「ルールを守る」ということは、ルールを破ることより楽だ。判断力や想像力は必要ない。思考停止だと詰《なじ》られたこともあり、それも真理だと思う。

染谷は思案するような仕草をして、それから首を傾げた。

「そうかなぁ……ルールを守るのって、本当に変ですか?」

問い返されて、どう答えたものかと困惑する。

「子供の頃、『約束は守るために、ルールは破るためにある』とか言われました」

染谷は「それはどっちも守らないと」と苦笑する。

「子供の言うことだし、子供っぽい理論じゃないですか」

「僕もそうは思いましたけど……」

会社に入ってからはまた、似たようなことを言われることが増えた。

融通をきかせろ、というのはまさに倫理の中では「ルールを破れ」と言われているのと同じで、うまく飲み込めない。

「うーん……僕はルールを守らないのが普通で守るのは変だとは思わないですけど、でももし変だったとして、別に変なことって悪いことじゃないですからね」

「――」

変だと言われるとき、そこにはいつも悪いことというニュアンスがあった気がする。変であることと悪いことは対ではないのだという染谷の科白は、思いがけない一言で、倫理は言葉に詰まった。

「……染谷さんは」

「はい？」

「なんか、変ですね？」

ついそんなことを言ってしまい、慌てて口を閉じる。染谷は瞬きをして、それからふっと噴き出した。

形のいい瞳が細められる。

「いいですよ、変でも別に。みんな違ってみんないい、ですから」

彼は倫理の失言に対して、怒る様子も傷ついた様子もない。

自分とは違う考え方なのだ、と感心し、染谷のように考えられたらよかったのかもしれない、とも思った。

その一方で、自分が言われてあまりいい気分にならなかった言葉を不用意に発してしまったことに思い至って、「すみません」と謝罪する。

「なんで謝るんです?」

「……人に向かって、変だなんて言うべきじゃありませんでした」

別に染谷が気安いタイプというわけでもないのに、先程から余計なことばかり喋《しゃべ》ってしまっている気がする。

そんな自分に戸惑いながら、倫理はごめんなさいと頭を下げた。小さく笑う気配がして、顔を上げる。

「気にしなくていいのに、本当に。……山田さんって、気にしいですよね」

「そうですか? そんなこと初めて言われました。『感情がない』とか『気が利かない』とかならよく言われますけど」

「僕からしたら、そんなこと平気で人に言うやつのほうがよっぽど人の気持ちを考えられない気の利かないやつですけどね」

爽やかに笑いながらずばっと切り捨てる染谷に、倫理は驚いて目を瞠《みは》った。そして、思わずつられて笑ってしまう。

染谷も笑みを深めて、ぽんと倫理の背中を軽く叩いた。ああ、気を遣ってくれたのだなとわかって、それを心地よく思う自分がいる。

いつもは彼の仕事の仕方に不満を抱え、彼本人にも苦手意識を持っていたのに、我ながら現金な話だ。

――変、じゃなくて……なんだろう、なんか……不思議な人。

笑う横顔が綺麗で見惚《みと》れる。

ぼうっとその顔を眺めていたら、ふと染谷が顔を向けてきた。そして、すっと手を倫理のほうに寄せる。

形のいい染谷の指先が、倫理の髪に触れた。

「――っ」

髪に、耳殻《じかく》に指が触れ、体がぞくっと震える。

反射的に体を引いてしまい、染谷が驚いたように目を丸くした。染谷が触った箇所が、じんじん痺れている気がする。

どうしてそんな反応を体が示すのかわからず無言で混乱していると、染谷は首を傾げて苦笑した。

「すみません、許可もなく触れて」

「あ、いいえ」

「埃《ほこり》がついていたので、咄嗟に払っちゃいました」

言いながら、染谷がそれを証明するように指を払う仕草をする。かあっと頬が熱くなった。

無意識に、足が止まる。三歩先を歩いた染谷が、振り返った。

固まったまま動かない倫理に染谷が再度手を伸ばす。また埃がついていたのだろうか、染谷は倫理の顳顬《こめかみ》のあたりに触れて、目を細めた。


その後、特に大きな出来事もないまま、いつもどおりの多忙な年度末決算期を迎え、滞りなく仕事を終えた。

四月いっぱいは、新入社員を迎えて研修を行うため、人事総務や経理は決算期ではないにせよ引き続いての忙しさだ。

「今年は新入社員入ったりしますかねえ」

「うちには来ないでしょ。もう四人もいるし」

そんな会話をする渡辺《わたなべ》と佐藤《さとう》の横で、倫理《みちのり》は前の席に視線を向けた。いつもならモニタの陰から、染谷《そめや》の整った容貌が見えるのだが、彼は今席を外していていない。

ほっとしたような残念なような気持ちが胸に湧き、内心で首を傾げる。

営業部員から庇ってもらったあとも、染谷と特別仲がよくなったというわけではないものの、時折話はするようになった。就業中の私語はないが、昼休みに趣味の問題集を解いていると「またやってるんですか」と声をかけられることがあるくらいだ。

平素であれば、作業中に話しかけられると阻害《そがい》されたような気持ちになっていたが、不思議と染谷に話しかけられるのは嫌ではない。

それは多分、彼がちゃんと話しかけるタイミングをはかってくれているからだ、と最近気がついた。全問解き終わってから、もしくはひとつの大問を終わらせてから、というときに話しかけてくれているらしい。

——……この間は、詮《せん》のない話に付き合わせてしまったし。

ルールを守るのは変かそうではないか、という話もだが、特に何問目が好きなんですか、という問いに熱く語ってしまった。

日商簿記の三級及び二級は、倫理が合格したときと現在とで、出題の範囲や傾向が違う。平成の終わりに出題区分が改定され、以前までは個人商店向けの内容を中心としたものだったのが、企業での会計実務に合わせた出題内容となった。三級には以前まで二級の内容だったものが、二級には一級の出題範囲だったものが組み込まれ、ともに難易度が格段にはね上がっている。

特に二級は以前までの比ではなく、「ちょっと趣味やストレス発散で解く」という代物《しろもの》ではない。

だが三級は、飽《あ》きるほど問題集を解いてきた倫理にとってはほんの少しの難易度調整になってちょうどよかった。早く次の問題集出ないかなって思っているんです、とそこまで語って、はっとした。

——染谷さんも、よく黙って話聞いててくれたなぁ……。

思い出すと少し恥ずかしい。

熱が入ると立て板に水のごとく話すくせをどうにかしたいものだ。

倫理がなにかを熱く語るときは、「無表情でぺらぺら喋ってて怖い」とよく言われたものだが、染谷はそれすら面白く感じたらしく、「普段は物静かな人が熱弁してたので、聞き入っちゃいました」とオブラートに包んで言ってくれた。

——はずかし……。

いっそ揶揄《からか》ってくれたほうが恥ずかしくないのに、などと思いながらも仕事の手を動かす。

会計ソフトに数字を打ち込みながら、ん、と眉をひそめた。

時刻を確認すると、午前十一時五十五分になるところだ。あと五分で昼休みなので、まあいいかと席を立った。

「課長、書類に不備があったので、営業部まで行ってきます」

「はい、いってらっしゃい」

軽く頭を下げて、倫理は経理部を出る。

廊下を歩いていると、前方からやってきた大町《おおまち》がこちらに気づいて会釈をした。

「いま丁度《ちょうど》経理部に行こうと思ってたんです」

「こちらも、営業部に行くところでした。……良ければここで承りますが」

倫理の言葉に、大町はぱっと表情を明るくする。

「ありがとうございます、接待交際費の領収書なんですけど……」

相変わらず爽やかな笑顔で礼を言い、領収書を寄越す。

「ちょっと大きめの金額なんですけど、大丈夫ですかね」

そう言いながら彼が出してきた領収書は、お菓子代として三万円を支払ったものであった。

確かにいつも大町が使う金額よりは高額だが、営業部の平均的に見て高すぎるというほどではない。

都内の有名な和菓子屋の領収書だったので、羊羹の詰め合わせを人数分、といったところだろう。

「……これくらいなら普通ですよ、問題ありません」

倫理の言葉に、彼は胸を撫で下ろす。営業部ではトップの成績を誇っているわりに、庶民的な感覚の持ち主の彼は、経費を「会社のものだから」といって無駄にはしないし湯水のように使うタイプでもない。

それが却って同僚の不興を買っていると聞いたこともあるが。

佐藤や渡辺がそれぞれの同期から聞いた情報によれば、前年度、目標の売上を達成したのは大町だけだったそうだ。しかも、彼は成績トップの社員なので、目標値が他の営業部員より高く設定されている。

「もうちょっと、経費使ってもいいと思いますよ、大町さんは」

思わずそんなことを言った倫理に、大町はきょとんとしている。それから、ありがとうございますと苦笑いした。

そんなやりとりの後、昼休みを告げるチャイムが鳴る。それを機にじゃあこれで、と話を切り上げようとすると、大町が「あ、そうだ」と声を上げた。

「新入社員の正式配属が決まる前に、営業部と経理部で合同飲み会しましょう、って部長から。今週の金曜日だそうです。そちらの課長にお伝えしておいていただけますか？」

「あ……はい、わかりました」

もうそんな時期か、と倫理は心の中で息を吐く。週末とはいえ、直近でそんな予定を立てないで欲しい、という文句が出そうだ。

そしてそれは営業部でも出ているのだろう、大町が苦笑する。

「いつもご面倒だと思いますが、すみません、よろしくお願いします。もし店の希望とかあれば、営業事務の人に誰でもいいのでメールしてみてください」

倫理は特に希望はないが、渡辺と佐藤には伝えておくべきだろうと思い頷いた。女性の佐藤は飲み会の店には割とうるさいタイプだ。そもそも参加したくない飲み会に強制的に出席させられるのだから、店くらいはいいところじゃないと、といつも愚痴《ぐち》っている。

「わかりました。伝えておきます」

「あの、もしその領収書持っていく先が営業部だったら、僕が持っていきましょうか？」

「いえ、お気遣いなく。……万が一のときトラブルになりますから」

倫理の返答に、大町は特に不快そうでもなく「それもそうですね」と引いてくれた。そんな会話を交わした後、不意に大町の視線が倫理の後方に向けられる。

「……あれ？　あの人経理部の人でしたっけ」

大町の呟きに、倫理は背後を振り返る。

外出していた染谷の周囲を、営業部員が数人で取り囲んでいた。といっても倫理のように因縁《いんねん》を付けられているとかそういうことではなく、和気あいあいと話しながら廊下を歩いていた。

「経理部がみんな染谷さんみたいだったらいいのになー！」

「そうそう！　話しかけやすいし！」

そんな会話が耳に入り、「染谷さんみたいじゃない経理部」の倫理は、嘆息する。今に始まったことではないのでなんとも思わないけれど。

むしろ隣に立つ大町のほうが申し訳なさそうで、「僕のほうから言っておきます」と頭を下げる始末だ。

「別に気にしてませんから」

大体、「話しかけやすい」のほうはともかく、「染谷さんみたい」というのは決まりごとに緩い、ということである。

本人たちはそのつもりはないのかもしれないが、あれは褒め言葉のようであってそうではない。綻《ほころ》びや皺寄せのあるような仕事をすることは決してよくはない。

現に、染谷はずっと残業をしている。それがたった三十分であっても、毎日やれば一月で約十時間の残業となるのだ。そしてそれを経理部のスタンダードとされるのもよくはない。

――でも……。

見かねて注意をしたら、ただすみませんと頭を下げられただけだった。

一方で、染谷の仕事ぶりから察するに彼自身もそれがよくないことだとはわかっているはずだ。対人関係の良好さを考えれば、何故彼が残業を続けるのかもわからない。アンバランスな行動のように思えた。

――なにか考えでもあるんだろうか。

じっと見ていると、営業の一人が先に倫理たちに気づき、傍らの同僚を肘《ひじ》で小突く。もうひとりの営業部員もこちらに気づき、「お疲れ様でーす」と言いながらそそくさと通り過ぎていった。

「あ、山田さん。今からお昼ですか？　……大町さんと？」

対面からやってきた染谷が、軽く会釈をしながら寄ってくる。その隣には、前回屋上に居合わせた長身の男性社員が立っていた。

「いえ、僕はこれから外回りなので」

大町は染谷に会釈をすると、失礼しますと言って去っていった。染谷の隣にいた男性社員も
「じゃあ俺もタバコ休憩してくるわ」と踵を返す。

唐突に二人きりにされて、倫理はちらりと染谷をうかがった。目が合うなり、彼はにこりと笑う。

「こんなところで立ち話をしてるって珍しいですね」

「ああ、はい。染谷さんは銀行に行ってたんでしたっけ」

「ええ。その途中で知り合いに会って」

それで営業や先程の男性社員に囲まれていたのかと納得する。

へえ、と相槌《あいづち》を打ったら、会話が途切れてしまった。ええと、と話題を探していると、染谷のほうから「山田さんはどうして大町さんとここに」と話を振ってくれる。

「営業部からの書類に不備があったので、戻そうと思って。そしたら途中で大町さんが領収書を出しに来たところで会ったので、受け取りました」

「ふーん。……山田さんって、普段は決まりごと通りにやるのに、こういうのはいいんですね。それとも大町さんが特別なのかな」

独り言《ひとごと》なのか、こちらに話しかけているのか微妙な声音で言われ、どう答えたものかと戸惑う。

「別に、道すがら領収書とか書類受け取るくらいはしますよ、俺でも……」

「そうですか」

訊いたくせに、まるで興味がないような反応を示される。

「あ、あと……経理と営業部で今週末に飲み会するそうです」

「……唐突ですね」

ごもっともな科白に、倫理も頷く。

染谷が入社してきたのは去年の飲み会よりも後のことなので、初耳だろう。

「新入社員が入ってくる前に飲み会するのはほぼ通例みたいなものなんです。決算の慰労《いろう》を込めてだそうで」

慰労だと言うなら家で休ませて欲しい、と思うのは倫理だけでなく、営業部員たちも同様に思っているそうなのだが、やめるのも難しいらしく惰性《だせい》で続いている恒例《こうれい》行事だった。

「なんで経理部と営業部で合同なんだろう……」

「結構昔からの恒例らしいんですけど……あと今の経理部の課長と営業部長が同期らしいので、それで前よりも合同飲み会がちょっと増えたみたいですね」

「へえ……仲がいいってことなんですかね」

「それは……どうですかね……？」

両者のパワーバランスを考えると、単に経理課長が弱い立場にあるのでなんでも飲み込んでしまう、というところがあるようにも思えた。同期の気安さはあるものの、強い口調の営業部長に、困った顔をしながらも傍にいる経理課長、という印象が強い。

とはいえ、そんな己の所感を言う必要もないので、口を噤《つぐ》む。

「ところで、染谷さんも今からお昼ですか」

「ええ、受け取った領収書類は午後の業務で片付けます。……もしかして、食事に誘われてます？　僕」

「えっ⁉　あの、そんなつもりは！」

本当に思ってもみないことだったので、倫理は慌てて首を横に振る。染谷はそんな倫理を見て小さく笑った。

「なにもそんな、全力で拒否しなくても」

「あ、いえっ、そういうわけでは……」

もごもごと言い訳するも、歯切れの悪さは肯定しているとしか思えないだろう。けれど下手な言い訳を重ねるのもどうなのかと惑乱《わくらん》していると、染谷が「冗談ですよ」と笑った。

「どちらにせよ、これからちょっと別件で出ないといけないんです」

「そうですか」

別に染谷のことが嫌なわけではなく、傍にいると落ち着かないので、ほっとした。営業部に書類を戻しに行ったら、弁当を食べて問題集でも解こうと算段をつける。いくつか問題を解いたら、きっとこの騒ぎだした心臓も落ち着いてくれるだろう。

「……じゃあ、失礼します」

ぺこりと頭を下げて、早急にその場から逃げようとしたら、「山田さん」と染谷に呼び止められた。

聞こえないふりをしようかどうしようか迷いつつも、振り返る。染谷は鞄を探りながらこちらへと歩み寄ってきた。

「そうそう、さっきね、これもらったんです」

「これ？」

なんだろう、と首を傾げれば、染谷は鞄から小さなメモを取り出した。

「可愛《かわい》いなと思って。よかったらどうぞ」

反射的に差し出した掌の上にぽんと置かれたのは、取引銀行のロゴの入ったダイカット付箋《ふせん》メモだった。

銀行のゆるキャラである、ブサイクな猫のものだ。ノベルティグッズらしく、「非売品」と書かれている。

「ありがとうございます……？」

メモは使うので沢山あっても困らないが、なぜこれを自分にくれるのだろう、という疑問が湧く。

「あの……なんでこれを俺に？」

疑問のままに問うと、染谷は首を傾げた。

「いや、なんだかこの猫、山田さんに似てるなって思って？」

「えっ……」

そう言われて、もう一度手の中のブス猫のノベルティグッズに視線を落とす。

――え……似て……？

これと？　と大きな疑問符が頭に落ちてきた。

目が小さくて、表情がなくて、若干ふてぶてしいこの猫に似ていると言われても、リアクションに困る。

馬鹿にされているのか、それとも意地悪な揶揄いか。そう思って視線を上げると、染谷はにこにこと笑っていた。染谷の顔と、手の中の猫を見比べる。

どうにも悪気のなさそうな顔に、戸惑いながらも質問を投げかけた。

「似てます？　この可愛くない猫に」

「え？　可愛くないですか？」

染谷が本気で驚いた声を出す。そこに悪意や貶《おとし》めようという雰囲気はやはりなく、この人は嘘ではなく本当に、この猫を可愛いと思っているというのが見て取れた。

——ということは……。

このブス猫を可愛いと思っていて、そのブス猫が倫理と似ているということは、彼にとって倫理は可愛い容姿、ということになるのだろうか。

そんな連想ゲームのような曲解に、内心やれやれと首を振る。

——いや、それとこれとは別だろ。

ものすごくポジティブなことを考えてしまった、と反省する。

取り敢《あ》えず深く考えるのはやめにして、ありがとうございますとだけ伝えて、倫理はそれを受け取ることにした。


週末になり、一部にしか歓迎されていない経理部と営業部合同の飲み会の開催日となった。

金曜日はノー残業デーに設定されており、よほどのことがない限りは皆てきぱきと仕事を終わらせて帰宅するのが常なのだが、飲み会の日は「何故か」仕事の手が鈍《にぶ》くなる。

——何故か、もないか。

お開きの時間はずらすことができないので、なるべく遅く店に入れば、飲みの時間を短縮できる、という寸法である。

倫理《みちのり》もそれは頭ではわかっているのだが、全員が大幅《おおはば》に遅れるわけにもいかないし、そもそもむやみに残業をしたり時間に遅れたりする、ということが性格上難しいこともあるので、こういうときに経理部で真っ先に会場へ向かうのはいつも倫理だった。

いつもどおりに仕事を終えて、席を立つ。

「じゃあ、お先に会場に行ってますね」

そう告げると、対面の染谷《そめや》が「あ」と声を上げる。

「あとは僕がやっておきますから、お三方ともどうぞ」

染谷の宣言に、とくにすることもないがある程度の時間を潰《つぶ》すつもりだったらしい佐藤《さとう》と渡《わた》辺《なべ》が固まる。そして、経理課長も気まずげな顔で笑った。

「あー、なにかお手伝いしましょうか」

果敢《かかん》に居残りしたい旨《むね》を申し出た渡辺を染谷は「大丈夫です」とあっさり突っぱねる。

「営業さんって時間を守るイメージがありますし、お待たせしても悪いですし」

「いやいや、営業さんはいつも遅れてくる人のほうが多いですよ」

「そうなんですか？　じゃあなおさら賑《にぎ》やかにしておかないと駄目ですよ。あちらの部長、いらしてるんでしょう？　課長」

話を振られて、課長はもごもごと言い淀んだ。

「課長も行っててください。僕もすぐに向かいますので」

「いや、僕は確認することがあるから、もう少し遅れても」

「そうですか？」

染谷がちらりとこちらを見たので、倫理は会釈をして経理部を出る。それからすぐに、渡辺と佐藤もやってきた。

「あー……行きたくねえー……」

「染谷さん、大体察しがいい人なのにたまに抜けてるっていうか……あんな善人フェイスで行っていいんですよって言われたら粘《ねば》れない……」

行きたくねえよぉ、と二人が呻《うめ》いた。

むしろこの中では一番営業部の覚えもいいのに、と二人が言い合うのに、倫理も内心で賛同する。自分たちが行くよりも、染谷が行ったほうが場が盛り上がるのではと思ったけれど、本人が気を遣ってくれている手前言いにくかった。

化粧直しをしてから行く、という佐藤を待って、営業事務からのメールで指定されていたチェーン店の居酒屋に顔を出す。

入り口で迎えた店員に社名を告げると、大きめの半個室に通された。

「おー、経理来た来た」

上座に座る営業部長の周囲には、若手の営業部員が営業スマイルを顔にはりつけて座していた。俺たちが若い頃はな、とバブル時代の話を滔々と語っている。これもいつもどおりだ。ちょっと早いけど始めるぞ、という部長の一声のあと、概ね全員が席につき、店員が注文を取りに来る。そして全員分の飲み物が行き渡り、部長が長々と口上を述べて、全員がうんざりしたところでやっと乾杯になった。

倫理はすぐにグラスを置いて周囲を見回し、営業事務の女性を探す。三人いる女性のうちの一人が倫理に気づき、片手を挙げた。

「今日、営業部の欠席者はいますか？」

「二人が出張中でいません。あとは、全員来る予定になってます」

「了解です」

こくりと頷いて、倫理は店の受付へと向かった。

営業部と経理部恒例の合同飲み会は、店などのセッティングは営業事務が、支払いのことに関しては経理部員が担当するのが通例だ。経理部では一番若手の倫理がその任を与えられていて、今後染谷に振るかどうかは若干考えているところである。

人数を伝えて先に精算を済ませ領収書を受け取ると、ちょうど店に入ってきた染谷と目が合った。お互いに「あ」と声を上げてしまう。

「山田さん、お疲れ様です。なにしてるんですか？」

「先に精算してます。この飲み会、会計担当はいつも経理部なので」

倫理の返答に、染谷はへえ、と目を瞬く。

「こういうのって部ごとにわけるのかと思ってました」

「あー。領収書は営業部で切りますね」

「金勘定を任されてるのに、経理は省略されちゃうんですね」

ねえ、と倫理も首を傾げる。それなりに規模の大きい会社というのもあるが、飲み会代は各部署で行っても交際費ではなく福利厚生費で落ちる。

「昔、これで会費を懐《ふところ》に入れちゃった人がいるらしいです」

「ええ？」

二人並んで飲み会の席へ歩いている最中に、そんな話題を口にする。

「以前は……って言ってもどれくらい昔かはわからないんですが、経理部と営業部で別会計で別々に領収書切ってたらしいんですけどね」

営業部に、いつも幹事をやりたがる人物がいたらしい。現在はとっくに免職になっていていないそうなのだが。

投資に失敗して借金がかさんでいて、飲み代の一部を誤魔化していたのだという。

「……投資で失敗したのを補塡《ほてん》できるくらいの額なんて取れないですよね？」

「他にも色々してたのかもしれません。でも塵《ちり》も積もればばっていうし、結構な金額だったそうです。それ以来、金勘定は経理に任せようってことになったみたいですね」

へえ、と染谷は頷いた。

「でも、小金を盗んで仕事失ったら元も子もないですよね」

「ですよね。そういう冷静な判断ができない時点で、とっくになにかがおかしかったんでしょうけど」

小金に限った話ではないが、金の動きというのは案外誤魔化しやすく気付かれにくいものなのだ。

だが、おかしな動きをしていれば、目につくこともある。

「……まあ、それを建前に面倒なことを押し付けられたってだけな気もしますけど」

「それも言えてますね」

なんて貧乏くじなのかと苦笑し、半個室として仕切られている部屋の障子戸を開く。倫理ではなく染谷の登場に、場が明るくなった。

「あ、染谷くん来たー!」

「こっち座りなよ」

普段仲良くしているらしい営業や営業事務の人たちに手招きをされて、染谷はそちらへ足を向ける。

倫理はその逆の、テーブルの端っこに腰を下ろした。六人がけのテーブルには、営業部の男性社員が一人座っているだけだ。確か二年目になる彼はあまり成績が伸びておらず、最近塞いでいるようだった。経理部に顔を見せることも多くない。

薄いハイボールの氷が溶けて、もはや殆《ほとん》ど味のしないグラスを口に運ぶ。互いに義務感のみで座っているため、特に会話もないまま、ちびちびと酒を飲み続けていた。

――……問題集でもやろうかなぁ。

倫理の携帯電話にはスキャンした問題集のほか、簿記に関するアプリケーションがいくつかインストールされている。簿記三級問題、商業簿記二級、工業簿記二級、そしてＲＰＧの戦闘画面風の仕訳アプリなどだ。

取り敢えず飲み会の終了まで、アプリの問題でも解いていようと携帯電話を操作していると、誰かが隣に腰を下ろす気配がした。

「お疲れ様です」

「大町《おおまち》さん」

営業マンらしい爽やかな顔をした彼は、手に大皿を持っている。

「田淵《たぶち》くんもお疲れ様。はい、ここのテーブルにないもの持ってきたよ」

そう言って、どんと皿を置いた。確かに、このテーブルには行き渡っていなかったローストビーフサラダだ。それを、対面に座る田淵の分と倫理の分と取り分けてくれる。

「今日も幹事役お疲れ様でした」

「いえ、ほとんど営業事務の人がやってますから」

大町は、唯一この交流会とは名ばかりの飲み会で経理全員に声をかけてくれる。

――別に、気を遣ってくれなくても大丈夫なんだけどなぁ……。

だが、佐藤などは「営業部って経理のこと便利屋かなんかだと思ってるふしがあるから」と怒っていたこともある。

その彼女が大町のことだけは除外していたのは、恐らく口がうまいだけではなく「色々とちゃんとしている」からだろう。領収書の提出期日をやぶったこともないし、いつも明るい挨拶を欠かさない。

「なにかゲームとかしてたんですか？」

それ、と大町が指を差すのに、頷く。

「やることもないし、ちょっとアプリでもしようかなって」

「え、山田さんてどんなゲームやってるんですか？」

若干大町が身を乗り出そうとしたのと同時に「お疲れ様です」という声が割って入る。

「あ、染谷さん。お疲れ様です」

傍に立っていた染谷に、大町がにこやかに会釈する。染谷も軽く頭を下げて、倫理の横に座った。

思わず勢いよく身を引くと、染谷が目を瞬いた。

「……そんな、あからさまに逃げなくてもよくないですか？」

「え？　あ、スペースをあけようと思っただけで別に逃げたわけじゃないですけど」

かといって普通のリアクションだったかというとそれも微妙かもしれないという自覚もある。先程まであまり発言をしていなかった田淵が「めっちゃ逃げてましたよ」と言うほどにはわかりやすく避けてしまったらしい。

「嫌わないでくださいよ、傷つくなあ」

そんなふうに苦笑され、倫理は慌てて首を振る。

いや、べつに、そんな、と辿々《たどたど》しく否定したら「一応冗談のつもりだったのに、ガチっぽくごまかされてしまった……」と染谷が項垂《うなだ》れた。

――い、一体どうすれば……。

あわあわと動揺する倫理に、同じテーブルの三人が顔を見合わせて笑った。どうやら、少々揶揄われていたらしい。冗談ですよと染谷がとりなしてくれる。

「で、なんの話ですか？」

「山田さんがどんなアプリやってるのかなって話を……」

「大町さんは普段なにしてるんですか？」

染谷の問いに、大町は首を傾げた。

「あ、僕は位置情報ゲームですね！」

見てください、と彼が翳《かざ》したゲームは、いわゆる「位置情報RPG」というジャンルのもので、プレイヤーが現実の世界を移動することによって、ゲーム内のキャラクターもフィールドを動き、物語を進めていくというものだ。

「ああ、営業さん向けですよねこれ」

「歩数カウントも付いてるんです！　これで外回りが楽しくなった、って人もいるみたいですよ」

「へー……健康にもよさそうですね」

それも魅力なんですよー、と大町が笑う。先程まで塞いでいた田淵も同じゲームをやっているそうで、話が盛り上がっていた。

「山田さんはなにを？」

染谷に先程流れかけた問いをもう一度投げかけられ、携帯電話の画面を見せる。

画面に映し出された「簿記」の文字を見て、染谷は苦笑した。

「すごい。山田さん、ブレない」

「えええ……だって、便利なんですよこのアプリ……。いつでもどこでも問題がとけるし……こ、これなんてちょっとRPGっぽいですし！」

ほら見てください、とアプリを起動して示してみせる。例えば「クレジット売掛金」と書かれたモンスターが表示されたら選択肢の中の「資産」というボタンを押して倒す、という単純なゲームだ。

ほら、と顔を上げた瞬間、またしても至近距離に染谷の顔があって倫理は声もなく身を引いた。その勢いの良さに、染谷が「二回目ですよ」と苦笑する。

心臓がばくばくと大きな音を立てていて、周囲にも聞こえるのではないかと馬鹿なことを考えるくらいには動揺してしまっていた。

変なふうに思われてないだろうか、と焦り、思われていないわけがない、と思うと混乱する。

そしてそんなタイミングで、営業の二人は上司に呼ばれて席を離れていってしまった。

――二人っきりにしないで……！

半個室の端っこというだけで別に二人きりになったわけではないが、そんな気持ちにかられる。動揺しているのを知ってか知らずか、対面の席が空《あ》いたのに染谷は移動してくれない。

染谷が座っている方が通路側で、反対側は壁なので、倫理からは席の移動ができないのだ。

「あの……」

「山田さんは普段……休みの日はなにしてるんですか？」

あっちに座ったらどうですかという言葉を言わせてもらえず、質問を反芻《はんすう》する。

「ええと、休みの日は、七時起床、七時二十分に朝食、八時半から掃除と洗濯を始めて、正午に昼食を取ります。十三時から午後の掃除と、洗濯物を取り込んで畳んで、買い物に行って一週間分の食料を買います。それから十八時から三十分が入浴時間で、十八時半から夕食の準備を始めて片付け諸々《もろもろ》含めると大体二十時から休憩、自由時間です。二十三時に就寝します」

慣れた一日の予定をまくしたてると、染谷は目を白黒させていた。

それから思案するように黙り込み「ええと」と口を開く。

「……なんか、思っていた回答と違う」

「休みの日になにをしているか、って話ですよね？　割と子供のころから日課表通りに過ごしているので」

休みの日にはなにをしているか、と訊かれたら答えは先程のものしかない。それ以外のことをするのはよほどのことがない限りはないのだ。

「日課表？」

「はい」

「誰が作ったんですか？」

「俺ですけど」

子供の頃から、一日の過ごし方には自分の中で決まり――日課表がある。そのとおりに毎日を過ごしていた。

この話をしたときの、周囲の反応は大体同じだ。「すごいね」と言いながらも困惑したり白けたり、あるいは「真面目なんだ」とか「うける」などと小馬鹿にした口調で言われるか、「息詰まらない？　大丈夫？」と強迫観念でもあるかのように心配されたりする。

だが染谷はそのどれとも違い、「へえ」と頷いた。

「その日課のなかの自由時間ってなにしてるんですか?」

「そのときそれぞれですけど……、でも一番多いのは簿記の問題解くことですかね、やっぱり」

読書やテレビ鑑賞、DVD鑑賞などをすることもあるが、一番多いのは問題集を開くことだろう。

「心ゆくまで経理だ」

「経理かどうかっていうより……なんか、落ち着くんです」

「もはや写経ですね。山田さんにとっては。精神を安定させる自分なりの方法があるっていうのは、すごくいいですね」

肯定してもらえたことが意外で、一瞬言葉が出なかった。

「そのスケジュール? 日課? ってもし守られなかったらどうなるんですか? 例えば今日とか、飲み会ってスケジュールが狂うじゃないですか」

「それは、別に平気です。日課表って、別にこうしなきゃいけないってことではないというか……それぐらいの調整はできるというか」

不測の事態というのは起こり得るわけで、そのときはしょうがない。ただ、「ああ、時間過ぎちゃったな」とは思うけれど、「できなかったー! うわー!」と狼狽したり焦燥《しょうそう》したりということはないのだ。

そう説明すれば、染谷はなるほどと頷いた。

「スケジュール通りにするのって、楽しいですか？」

「楽しい……？」

改めて問われてみて、思案する。

「……そうですね、日課表を作るようになったのって、子供のときなんですけど」

倫理は、幼少期よく忘れ物をして泣くタイプだった。

朝になって教科書をランドセルに入れたり、部屋が散らかっていてどこになにがあるかわからなかったり。それで忘れ物をしたり探し物が見つからなかったりして、「どうしよう」と泣く子供だった。

それを見かねた母が「ちゃんと時間通りに決めたことをやればいいでしょ」と大まかなスケジュール表を立ててくれたのだ。

「スケジュールをこなすほうが楽だから、っていうのもありますけど、まあ、楽しいです。確かに」

ふんふん、と頷いて、染谷はもう一度感心したように「なるほど」と言った。

「じゃあ、それもきっと山田さんの趣味なんですね」

「趣味」

思わぬ形容をされて、倫理は鸚鵡返しに口にしてしまった。

「そういうふうに過ごすことに達成感があるんでしょう？　それって趣味じゃないですか」

「……趣味。なるほど。自分がストレスを感じるタイプじゃない理由がなんだかわかりました」

いつもどおりに過ごすことでストレスフリーになり、そしていつもどおりに過ごすことによって、嫌な気持ちも悩みも一旦仕切り直しができている。

「単に鈍いだけの人間じゃなかったようです」

自分のことなのに、新たな発見だ。

本気で感心したのに、何故か染谷に笑われてしまった。

笑うなんてひどい、とムッとしてもいい場面かもしれないが、染谷が笑うことで自分の気持ちが柔らかくなるような、そんな気がして、倫理も頬を緩めた。


予定通り二時間で飲み会はお開きとなり、二次会にいく人たちと別れて帰途につく。経理はいつも通り全員ここで離脱だ。

課長と渡辺、そして佐藤は地下鉄を、染谷と倫理はＪＲを使っているので、居酒屋の前で別れた。

帰り道は染谷と二人きりだ。いつもであれば、居心地が悪いというかいたたまれない気持ちになっていたかもしれない。

不思議と、今日はそんな気分にはならなかった。

会話はないけれど、寒々とした空気もない。不思議なことに、無言の空間さえ心地よい。

——お酒が入ってるからかな。

ふわふわと浮き立つような気分だ。

「あ——」

歩道を歩いていて、前方に満開の桜が続いていることに気がついた。

満開の時期だが、そろそろ綻ぶ頃合いでもあったようだ。風が吹くと、花弁がひらりと舞い落ちる。

もう一枚、桜がひらめく。それを目で追っていたら、傍らに立つ染谷の横顔がそこにあった。

——綺麗だな。

けれど眼鏡と今は少しかかった前髪に隠れている素顔は、もっと美しいのではないかと思う。

すっと通った鼻筋や、薄すぎず厚すぎない唇、形のいい顎。長いまつげは眼鏡のレンズに触れてしまいそうなほどで、伏し目がちになると頬に影を作る。白い肌は、闇に閃《ひらめ》く桜の花びらと同じくらい綺麗に見えた。

そんな彼が、夜桜を背景にただ歩く。それだけで、すごく絵になっていた。

染谷は細身で美しい顔貌の持ち主だが、女性らしいかといえばそういうわけではない。けれど、ただの男性とも違う美しさがあった。

美しさに見惚れる、ということが、倫理にとっては初めての体験だった。

――美形な人なら、ほかにも沢山いたけど。

例えば秘書課の女性は臆《おく》するほど美人が揃っているし、身近で言うならば大町も美形だと思う。染谷の印象は、彼らとはなにかが違う気がしていた。

――どうして、染谷さんだけそう思うんだろう……？

答えなど返ってくるはずもないし見つかるわけもないのだが、倫理は染谷の横顔をじっと見つめる。

その口元がぎこちなく動き、そして、顔がこちらに向けられる。

染谷がこちらを向いたことで、倫理は自分がその美貌を凝視していたのだということを自覚させられた。思わず足を止めてしまう。

無言で狼狽する倫理に、三歩ほど先を歩いた染谷が振り返って苦笑する。

「そんなに見つめられると、穴があいちゃいそうです」

「……見てません」

そう言いながらも、倫理は彼の顔から目が離せない。

「――っ」

対峙《たいじ》している二人の間を、強い風が吹き抜けていく。

ざわ、という葉擦《はず》れとともに、吹雪のように桜の花弁が舞い落ちてきた。

染谷がすっと手を伸ばし、倫理の唇に触れる。

――息が。

呼吸が、心臓が、止まりそうになる。もしかしたら無意識に息をとめていたかもしれない。

唇の薄い皮膚《ひふ》を撫でられて、肌が震えた。

つい、と染谷の指先が唇をなぞっていく。呆然《ぼうぜん》と見返す倫理に、染谷は目を細めた。

「花びら、ついてた」

ふ、と笑った染谷の吐息で、丸い薄紅の花脣《かしん》が舞った。

帰宅した倫理は、廊下の電気をぱちりと付ける。

時間はずれてしまったが、ルーティンはいつもと同じだ。普段どおり、お風呂の給湯をしてから替えの肌着と部屋着を用意し、スーツを吊るす。それからワイシャツや下着を洗濯機に放り込みつつ、歯を磨《みが》いていると、浴槽の湯張りが終わるのだ。

浴室へ入ったら、先に体を洗う。それから湯船に浸《つ》かるのがいつもの流れだ。

少々高めの温度に設定した湯に身を沈《しず》めながら、ぼんやり水面を眺める。

――……どうやって、ここまで帰ってきたっけ……。

途中から記憶がない。

正確には、染谷に唇についていた花弁を取ってもらったあと、どういう会話をしたか、どう別れたか、という記憶が吹っ飛んでしまっていた。

思い出そうとすると、夜桜の中にうかぶ染谷の美貌が脳裏を過るばかりだ。

花びら、ついてた。

そう言って、染谷は倫理の下唇に触れた。

「はなびら……」

染谷の指が触れた場所に、そっと自分でも触ってみる。

「──っ」

あたたかい湯船に浸かっているはずなのに、ぞくんと背筋が震えた。反射的に唇を噛みそうになったが、染谷の指の感触が霧散してしまいそうで躊躇われる。

もう一度指で触れてみる。肌が震えて、むず痒《がゆ》いような感覚に襲われて、倫理は軽く指に歯を立てた。

微かな刺激に意識が逸れそうになったけれど、指先がじんわりと痺れてくる。指先から腕に始まり、いつのまにか足の先までもが痺れてきている気がした。

「……あ、れ?」

違和感を覚えて、ゆっくりとぎこちなく立ち上がる。

なにもしていないのに、性器が擡《もた》げはじめていた。嘘、と思いながら浴槽を出る。

若干ふらつき、冷たい壁に身を預けながら、ずるずると座り込んだ。

なにが自分の体をこうさせたのか——先程から脳裏に浮かぶのは、同僚の男性である染谷のことばかりだ。

「嘘……」

嘘だ、と罪悪感を抱きながら、倫理は躊躇いつつも己の性器に指を絡めた。

ちらりと、リモコンに表示されている時刻を確認する。

休日の前の日とはいえ、倫理が夜ふかしをすることはない。いつもどおりに過ごすことが、染谷が言うように自分にとって趣味であり、達成感を覚えることだからだ。

——今、すぐに体を洗って髪を洗えば、十二時前後には眠れる。

頭ではそう判断している自分がいるのに、手はぬるつく性器をこすりはじめていた。

先程からしつこいくらいに言い訳を繰り返している。けれど、どうしてか体が言うことをきかない。

——予定が、変わってしまう。

今まで守ってきたものが、染谷に崩される。

週明け、倫理《みちのり》は気まずい気持ちを抱えながら出社した。恐る恐る経理部のドアを叩くと、倫理が一番のりだったのでほっと胸を撫で下ろした。

染谷《そめや》の顔をまっすぐ見られる自信がなかったからだ。

それから、渡辺《わたなべ》が来て染谷が来る。その頃には少々気持ちも落ち着いていたため、平静を装ったまま挨拶をすることができた。

仕事をしながらだったので、視線をまともに向けずに済んだというところも大きな要因かもしれない。

なにか言われたらどうしようかと不安になっていたが、よく考えれば倫理の気まずさは倫理だけのもので、染谷はなにも知らないのだから不安になる必要もなかった。だが、それにしばらく気が付かないほどやはり倫理は動揺したままだった。

始業間際になり、忙《せわ》しない足音が近づいてくる。

「おはよう。皆揃ってる?」

顔を出したのは、経理部長と彼女に付き従う課長だった。

経理部の部長は、課長よりほんの二、三歳年上の女性だ。まだ女性管理職の多くない鷹羽紡績《たかばぼうせき》では、珍しい女性幹部である。

「まだ佐藤《さとう》さんが来てません」

「そう、どうしようかな」

ううん、と経理部長が悩んでいる間に、時間ギリギリに佐藤がやってくる。

「おはようございます。……あれ？　部長、どうなさったんですか」

「全員これで揃ったね。――悪い話がある」

強い語調で告げられた言葉に、経理部の空気がぴりっと張り詰める。

「我が社で、横領事件が発生した。これから、通常の業務に加え、諸々大変になるけれど、みんなで協力してやっていこう」

突然降って湧いた大問題に、全員が唖然《あぜん》とする。染谷も、呆然と小さな声で「冗談だろ」と呟いた。その言葉を拾い、部長は「残念ながら冗談ではないよ」とつなげる。

「ひとまず、これから上層部で会議があるので、通常業務を進めて欲しい」

主たる責任の有無に関わらず、金銭の絡む問題に当然経理部は無関係ではいられない。経理部に動揺が走った。

踵を返そうとした部長を、染谷が呼び止める。

「犯人の目星はついているんですか？」

振り返り、部長は苦虫を嚙み潰したような顔になった。

「営業部だ」

花形部署から出てきた大問題に全員が黙り込む。部長はがりがりと頭を掻いて、息を吐いた。

「よりにもよって、成績優秀者だそうだ。——大町《おおまち》という社員だと聞いてるけど」

思わぬ名前に、その場にいる全員が固まった。


「一件や二件だけでなく、他にもいくつも余罪が出てきているらしい。とにかく、行ってくる。まずはいつもどおりに業務を行ってほしい」

そう告げて、部長と課長は揃って忙しなく経理部を出ていった。しんと静まり返ったオフィスの中で、最初に動いたのは佐藤だ。

「……大町さんが横領って、嘘でしょ?」

動揺の滲んだ声に、倫理は思わず頷いていた。でも、と口を開いたのは渡辺だ。

「ちゃんとしすぎるくらいちゃんとしてた人だったから、そういうのもうまく隠せたのかもしれないですね。人は見かけによらないっていうし……」

「——ま、まだそうと決まったわけじゃないですよ」

ほとんど無意識に、そんな反論を口にしてしまっていた。普段積極的に私語に加わることのない倫理の発言に、染谷も含めた三人が驚きに目を丸くしている。

三人分の視線が集まり、倫理ははっと口を噤んだ。妙な緊張感の漂う空気をどうすればいいのか、と困惑する。

「……とりあえず、僕たちは己の業務を全《まっと》うしましょう。どのみち、すぐに答えは出ないでしょうし、指示が出るまで仕事は変わらないはずですから」

染谷がそんなふうに執り成し、それもそうかと皆各々《おのおの》の席に着いた。

集中しきれないながらもそれぞれが仕事をこなしていく。顔見知りの——それも善良だと思っていた相手がもしかしたら悪いことをしているのかもしれない、ということは、思った以上に動揺するものなのだと倫理は初めて知った。

いつもどおり黙々と仕事をこなし、心を落ち着かせようと努める。

「——山田さん」

対面の染谷に名前を呼ばれて、はっと顔を上げる。

「お昼、食べないんですか」

そう声をかけられて、パソコンのモニタの時計で時刻を見たら、昼休みに入って十分以上が経過していた。佐藤と渡辺は既に昼食に出ているようで、姿がない。

「いつも時間をきっかり守ってるのに、と思って余計なことかと思いましたけど声かけちゃいました。すみません」

「あ……、いえ。すみません、ありがとうございます」

自分が思っているよりも、深く動揺していたのかもしれない。そんな事実に気付かされ、倫理は小さく溜息を吐いた。

「山田さん、お昼は持参ですか？」

「……ええと、はい」

「僕もなんです。ご一緒しませんか」

いつもだったら断っていたはずが、気づいたら頷いていた。倫理は手作りの弁当を、染谷はコンビニの袋を携《たずさ》えて、屋上へと向かう。

開放的な空間に出たからだろうか、胸に閊《つか》えていた息が自然と零れた。

微妙な距離感で座り、互いに無言のまま食事を始める。おにぎりを半分くらい食べたところで染谷が「どうなるんでしょうね」と口を開いた。

俯けていた顔を上げ、傍らの染谷を見る。彼は紙パックの紅茶飲料を飲みながら「午後にはなにか話が聞けるといいですよね」と言葉を継いだ。

「そう、ですね」

あれから部長も課長も戻ってきてはおらず、当然話も下りてきていないので経過はわからない。

午前中に、経理部には営業部員が何人かやってきていた。当然話は聞いているのだろう、いつもはそれなりに愛想のいい彼らの表情も心なしか沈んでいた気がする。

伝染したというわけではないけれど、倫理の気持ちも塞いだ。

「……大町さんが犯人じゃないと、思うんです」

ぽつりと呟いた言葉に、染谷が目を瞬く。彼自身の人となりをよく知っているとは言い難《がた》い。人は見かけによらないと渡辺が言っていたけれど、それでも倫理には彼が横領犯とは思えないのだ。

「悪人が悪人の顔をしているとは限りませんよ」

「っ、そうかもしれませんけど」

そんな言い方はないのではないかと反論しようとしたが、染谷がストローを咥《くわ》えたまま苦笑する。

「――とはいえ、実際のところ僕も彼が犯人だとは思えませんけど」

「えっ？　あ、ですよね？」

思わぬ賛同が得られ、動揺したまま同意する。染谷は小さく噴き出した。現金なもので、塞いでいた気持ちがふっと和《やわ》らぐような気がした。

そして、染谷が大町犯人説を否定したのは、倫理のような感情論ではなく、ある程度根拠があることを知る。

「うちの会社の経理部って、まんべんなく仕事をするじゃないですか」

「はい」

鷹羽紡績では決算、財務などの業務を特定個人が全て担うということはなく、例えば渡辺が財務関連に弱い、とか、経費についての窓口が倫理や染谷になっている、ということはあっても基本的には全員が同じ業務を行えるようになっている。

「ということは、専門外の誰かが処理して気づきませんでした、ってこともないと思うんですよ。もし横領があった場合、やっぱり普通とは違う変な動きがあると思いますし、誰も気付かないって可能性は低いと思うんですよね」

「そ、っか……」

目が分散されてしまって気が付かないということも有《あ》り得《う》るが、確かにそうだ。

「しかもさっき僕らすっ飛ばして『余罪がぼろぼろ』って言ってましたよね？　てことはリークだと思うんですけど」

「何件も横領してるのに、一個も経理が見つけられないって変ですよね？」

倫理の言葉に、染谷が軽く頷く。

「詳細がわかってないのでまだなんとも言えませんけどね。まあ架空請求ならありえないこともないですけど」

横領自体はあるのかもしれない。だがその犯人が大町だというのは、やはりなにかの間違いなのだろう。

胸を撫で下ろす倫理に、染谷が目を細める。

「よかった。……元気になりました？」

その瞬間、胸が大きく鳴った。

「顔見知りの人が疑われてたり、疑ったりするの、気が滅入《めい》りますよね。……大丈夫ですよ。これから多分大変になると思いますけど、頑張りましょう」

定時に帰れないかもしれませんけどね、とちょっと揶揄いながらも染谷は優しく綺麗な笑顔を見せる。

不意に、飲み会の帰り道でのことやその後自分が浴室で自慰に耽ったことが脳裏をかすめた。横領騒ぎで忘れていた羞恥《しゅうち》や気まずさが蘇って顔が真っ赤になり、思わずぐるっと背を向けてしまう。

そんな失礼な行動を取った倫理に、染谷は「えっ」と声を上げた。

「なんで急に後ろ向くんですか⁉　怒ったんですか？」

「……怒ってないです」

嘘、と言いながら、染谷は前に回って倫理の顔を覗き込んでくる。ぱちっと視線が合って、倫理は硬直した。

彼は形のいい大きな目をぱちぱちと瞬く。

「顔真っ赤ですよ。……山田さん色が白いし、日焼けしちゃったのかな」

そんなことを言う染谷に、倫理は「赤面症なんです」とどうでもいい嘘をついて俯いた。

社員の横領事件が発覚した鷹羽紡績《たかばぼうせき》は、数日が経過しても平素の落ち着きを取り戻してはいなかった。

普段の生活で事件に巻き込まれることなど誰も想像もしていないし、己の所属する組織で問題が起こるなど、そう体験することはない。幸い、この件で倒産するという事態に見舞われることはなさそうだが、株価は若干下がっているし、会社全体にうっすらと不安感が纏《まと》わりついているような空気が流れていた。

山田倫理《やまだみちのり》の所属する経理部は問題の渦中《かちゅう》にあるといえる部署であり、事件発覚後から常《つね》に重苦しい雰囲気に覆《おお》われている。

当初経理部長の話では、これから忙しくなるかもしれないということだったが、調査等はすべて外部機関に委《ゆだ》ねられた。課長の小森《こもり》からは、この件は主《おも》に上長である部長と課長が中心になって関わるという話を聞いている。これは、恐らく経理部にも共犯者がいる可能性があると疑われているということで、倫理たちにとっては非常に不本意なことでもあった。

結局、通常業務を粛々《しゅくしゅく》とこなす以外にはすることもなく、非常に落ち着かない日々を過ごしている。

「――山田さん、間に合う⁉」

大きな音を立ててドアが開き、顔を覗かせたのは営業部の男性社員、城崎《しろさき》だ。その手には伝票が握られている。彼は走ってきたらしく、息を切らしていた。

倫理は時計に目をやって、頷く。

「間に合います。お預かりしますね」

お願いします、と乱れた呼吸の合間に言いながら、彼は伝票を寄越した。

このところ、営業部員には大層受けのいい染谷《そめや》が課長のお供《とも》で席を外していることが多いため、必然的に倫理に伝票を預けるしかなく、営業部員たちはこうして慌てて駆け込んでくる。

そういえば染谷が来る前はいつもこうだったな、と以前の日常が戻ってきたような気持ちになるのと同時に、常に時間に余裕を持ってやってきた営業部員——今回の横領事件の犯人とされる大町《おおまち》のことも思い出された。

「染谷さんはまた課長と？」

まさにたった今考えていた人物の名前を出されて、どきりとする。

「……ええ」

今回の件に関して課長の手伝いをするのは、専ら《もっぱ》染谷の仕事となっている。染谷は昨年入社したばかりだ。つまり、数年に及ぶ横領事件に関与していないことが確実である、ということだった。

勿論《もちろん》そんな事情を営業部員に言うわけにはいかない。

「ということで染谷さんは忙しいので、当面、窓口になるのは俺だけです。残念ながら」

倫理の返しに、城崎はきょとんと目を丸くし、それから苦笑した。

「山田さんもそういう冗談言うんだ」

冗談のつもりでもなかったが、曖昧に笑って返す。

彼らにとっては災難だし、会社にとっても災難でしかない事件に拠《よ》るものだが、この状況は正直なところ倫理にとっては少し有《あ》り難《がた》かった。

——染谷さんと、顔を合わせる時間が少なくなって……ちょっと、ほっとしてるんだよな。

あのお花見の帰り道以降、そして横領事件後、染谷はよく倫理に話しかけてくるようになった。

美しい顔でにこにこと話しかけてこられると無下《むげ》にはできず、けれどなんだか緊張して、しどろもどろになってしまうのだ。そのことに染谷が特に気づいていないのか気にしていないのかわからないが、倫理はまるで自分が自分じゃないような感覚に陥《おちい》ってしまうので、なんだかすごく疲れてしまう。

今朝《けさ》もただ「おはようございます」と挨拶されただけなのに、緊張して声が裏返ってしまった。

——人の気も知らないで……いや、知られたくはないんだけど。

そこまで彼に対してぎこちなくなってしまうのは、自分のよこしまな気持ちのせいだ。染谷の指の感触や声、その表情を思い出して自慰に耽ってしまった。以来、実際に染谷の姿を見なくても、思い出すだけで心臓がどきどきしてしまうのだ。

――染谷さんは当然普通なのに、俺ばっかりが変に意識してて……恥ずかしいし、申し訳ない。

こちらの動揺など知る由《よし》もない彼は、いつも変わらない挨拶をしてくれる。今日も視線を逸らして返事をした倫理にはきっといい気がしなかったろうに、彼はただ微笑んでいただけだ。

自分でも礼を欠いているとわかっているのに、体がいうことをきかない。染谷にこれ以上悪感情を抱《いだ》かれたくないと思えば思うほど、緊張してぎこちなくなり、素《そ》っ気《け》なくなってしまう。

今も暴れだしそうな胸を押さえて、邪念を振り払った。

――仕事中にこんなこと考えているなんて。……ちゃんとしないと。

子供の頃から「ちゃんとしている」のが特に取《と》り柄《え》のない自分のアイデンティティでもあったはずなのに。

せめて仕事はきちんとしなければと伝票に目をやると、頭上から小さな溜息が落ちてくる。

「どうかしましたか?」

倫理の問いかけに、傍らに立っていた城崎ははっと居住まいを正した。

「いや……ちょっと、今月は色々あって疲れちゃって」

それは問うまでもなく、横領事件のことだろう。

経理部と営業部が問題の中心にいる事件ということもあるし、営業部は経理部よりも社外の人間と接する機会が格段に多いので、心労も大きそうだ。

——……色々、外部で言われたりすることもあるのかな。あるに決まってるか。

他の部署ですら、外部から事情を聞かれることがあるという。総務や受付なども、随分疲れた様子だったが、営業部は更に大変なことだろう。

いつもはどんな営業部員もそれなりに愛想がいいものだが、目の前にいる彼だけでなく、皆一様に表情が沈《しず》んでいる。

なんと声をかけたらいいのかわからずにいると、彼はこちらに苦笑いを浮かべてみせたあと、表情を歪めた。

「……なんで、真面目にやってた俺たちがこんな苦労をしないといけねえんだろうなぁ……」

ぼそりと呟かれた言葉に、心臓がぎゅっと縮《ちぢ》こまったような感覚を覚えた。確かに、そう言いたくなってもしょうがないだろう。

——でも。

「……本当に、大町さんが犯人なんですかね」

横領の話を聞いてからずっと心の中にある疑問が、つい口からぽろりと零れ落ちた。

倫理のその言葉に、城崎の顔色が変わる。経理部の他のメンバーもぎょっとこちらを見た。

「——そうなんだろ。そうじゃなきゃ、謹慎《きんしん》になんてなってないし、本人だって抗議するはずだし」

城崎の低い声での反論に、倫理は自分の失言に気づいた。

彼らにとって大町は、横領犯であり、自分たちが今業務上で苦労している原因でもある。大町は営業成績もトップで、けれどそれが架空発注や水増し発注などによるものであったに違いないと嫌疑がかかっている状況なので、ますます同僚であった彼らには許しがたいことなのだ。苦労も実情もなにも知らない、他部署の人間に庇《かば》いだてするような発言をされれば、面白くなくて当然だ。

「すみません、俺」

「証拠だってあるって聞いたよ？　今になって思うと、確かにあいつ妙に残業が多かったり、時間外の出入りも凄《すご》く多かったみたいだし」

抑えようとはしているが、城崎の口調がだんだん速くなり、険を帯びてくる。怒らせてしまったと内心動揺したが、なんと言えば収めてくれるかもわからない。

「それに、もし本当にあいつが犯人じゃないなら、会社が相応に動くはずだろ？　昔ならいざ知らず、コンプラの部署やら労組《ろうそ》だってちゃんと機能してるんだ。こうなるってことは――」

「――城崎さん、どうかされました？」

のんびりとした口調で、けれどすっと割って入った声に城崎が我に返ったように口を閉じた。

振り返ると、入り口近くに染谷が立っている。その傍らには、課長の姿もあった。

「よければ、僕が代わりに承《うけたまわ》りましょうか」

「あ、……いや」

染谷の微笑みに冷静さを取り戻したらしい城崎は、倫理に対し気まずげに一瞥《いちべつ》をくれたあと「すみません、じゃあよろしく」と言って経理部を立ち去った。

思わず息を吐くと、染谷は「なにかあったんですか？」と問いかけを投げてくる。応《こた》えたのは今までずっと黙っていた佐藤《さとう》だった。

「悪気はないんだろうけど、山田くんが城崎さんの神経逆撫《さかな》でしちゃったんだよ」

「神経逆撫で？」

「大町さんが犯人とは思えない、みたいな」

染谷と課長の視線がこちらに向かう。気まずくなって、倫理は視線をパソコンのキーボードの上に逃《のが》した。

「なるほど」

染谷はたった一言だけを口にする。以前、倫理が同じことを言ったときには同調してくれたが、今日はなにも言わなかった。

その口調はさらりとしたもので、そこにどういう感情が乗せられているかは判断できない。よりにもよって営業部員の前で不用意な発言をした倫理に、呆れているのかもしれない。それともまだそんなことを信じているのか、と思われているのか。

無意識に彼の気持ちを推し量《おはか》ろうとしている自分にさえ混乱し、じわりと汗が出てくる。

そこに「でもね」と口を挟んだのは課長だった。

「今は、会社全体もピリピリしてるし、渦中にいる営業部なんて特にだよ。ストレスだってかかってる。あまり迂闊《うかつ》なことは言わないようにね」

お金を稼《かせ》いできてくれる部署なんだから、と前時代的な叱《しか》り方《かた》をする課長に、倫理は「はい、すみません」と頭を下げた。

「信じたくないのはわかるよ。いい人だったからね。でも、事実は事実だからしょうがないよ」

「事実、なんですか」

倫理の返答に、課長は怪訝《けげん》な顔をし、それから苦笑う。

まだ事情を聞いたり、調べたりしている最中なのではないのか。

――もう社内的には、大町さんが「犯人」として確定しているってことなのか。

「顔見知りが犯罪に走ると、疑いたくなるのもしょうがないけれどね」

そう言いながら、課長は自分のデスクに座る。

けれど、倫理が本当に大町が犯人なのかと疑っているのは、そういった感情論からではない。

確かに、先程城崎も言っていたが、思い返せば大町には不審な行動も見られたのだろう。

「僕らの部署も関わることだから気に病むなというのは無理かもしれないけれど、まああまり気にしすぎないように……」

「――でも、俺、見た覚えがないんです」

自分ではそんなに大きな声を出したつもりはなかったが、倫理の言葉はオフィスに響いた。

「……見た覚えがないって、なにを？」

染谷に促され、「領収書や伝票を」と答える。

大町が横領したという件で一番不可解なのが、その点だ。問題の領収書や伝票を見た覚えがない。架空に計上したと言うのなら、その実物があるはずだ。

それを検《あらた》めているのは外部の調査機関であり、倫理たち経理部員はなにも携わっていない。だが、倫理が記憶する限り、大町の持ち込んだものに不審な点は見当たらなかった。染谷が入社するまで、それらは一旦倫理を経由していたはずである。

「随分遠方の会社に足を運んでいるということでしたが、その旅費交通費の領収書も俺は見た覚えがないんです。少なくとも、大町さんからは受け取っていないと」

「でも、山田くんを介《かい》してない可能性だってあるだろう」

遮《さえぎ》るような課長の指摘に、倫理は口を噤む。

「君が窓口になることが多いというだけで、他の者が一切手を付けていないわけじゃないでしょう？　それに、大町くんの経費を全部記憶してることもないはずだ。……信じたいのはわかるけれど、あまりそういうことは言うものじゃあない」

でも、という言葉を倫理は飲み込んだ。

確かに、大町からの伝票を全て自分が担当していたわけではない。そして、あらゆる内容を事細かに覚えているわけでもない。

けれど、数字が違えば「違和感」を覚えて然《しか》るべきだ。いつもと違った動きがあれば、きっとなにかしらの違和感がある。

倫理にとって数字というのはそういうものだ。一方で倫理個人の体感でしかないそれを、根《こん》拠《きょ》にはできないこともわかっている。

唇を引き結んで黙り込んだ倫理に、課長は溜息を吐いた。

「……わかった、そこまで言うなら調べておくよ」

え、と倫理はうつむけていた面《おもて》を上げる。しょうがないなという顔をして、課長は笑った。

「ただし、君は日常の業務をこなすこと。上のほうには僕からも口添えしておくから」

「す、すみません」

ほっと息を吐き、パソコンに向き直る。対面の席の染谷と不意に目が合い、倫理は固まった。

眼鏡の奥にある、綺麗な形の瞳がじいっとこちらを見つめている。物言いたげなその目にどぎまぎしながらも、慌てて視線を外した。

「――あったんですか？」

数日後、終業時間とともに課長から告げられた言葉に倫理《みちのり》は思わずそんな声を上げてしまった。

先日、課長が探してくれると言った「資料」のことだ。

ああ、と課長は頷き、ファイリングされた当該《とうがい》の伝票も見せてくれた。

「こっちが証憑《しょうひょう》の実物ね。データのほうは染谷《そめや》くんが照会してくれたけど、そちらもちゃんとあったよ」

その言葉に思わず倫理は染谷を振り返る。彼はこのまま残業するらしく、こちらに目もくれず黙々と作業をしていた。

――確かに、ある。

だがやはり、倫理が見た覚えがないものばかりだ。とはいえ「人間の記憶なんて曖昧なものだ」と言われれば、それ以上反論するのも難しい。

覚えがないものが何件も出てきて違和感は拭《ぬぐ》えなかったが、実物がある以上異論は唱《とな》えられない。

「納得したかな」

「……はい、ありがとうございました。お手数をおかけしました」

ぺこりと頭を下げた倫理に、課長はいいんだよと笑う。

これ以上深く追及することを諦《あきら》めて、鞄を手に取った。

納得はいかないが、業務外のことをしてまで――きっちりと己に課している一日のスケジュールを乱してまですることかどうかの判断も難しい。定時に上がるには、他のことに気を取られている余裕はないのだ。

「お先に失礼します」

おつかれ、という声を背に受けながら勤怠《きんたい》管理の端末に社員証のカードをあててオフィスを出る。それから、すぐには帰らずに経理部の隣にある資料室へと足を踏み入れた。そこには、過去の証憑書類や帳簿などが収められている。

――やっぱり、なんか変だし。

スケジュールを狂わせてでもこの目で真実を確かめたい、という気持ちの原動力は、大町自身のことがどうというよりも「数字の違和感」が拭えないからだった。

人の心配よりも数字が、というのは我ながらどうかと思うのだが、倫理の性格上どうしても見逃せない。

課長にも調べてもらってしまった手前、あまり目立った行動をするのはよくないというのはわかっているので、こうしてこっそりやるのが得策だろうと、資料室の棚《たな》へと目を配る。

――ひとまず、前期分からさらってみるか。

どのへんにあったかな、と思案しながら書棚を睨む。

「——手伝いましょうか」

その瞬間、背後から声をかけられて、反射的に悲鳴を上げそうになる。声が出なかったのは、堪えたからではなく驚きすぎたせいだ。

振り返ると、そこに立っていたのは先程までこちらも見ずに残業していた染谷だった。

「そ……染谷、さん。なんで」

「いつもはまっすぐ帰る山田《やまだ》さんが、こそこそと資料室に入ったのでおかしいなと思って」

にっこりと笑っての返答に、はあ、と間の抜けた言葉を返すので精一杯だった。

——びっくりした……全然気づかなかった。

よっぽど資料を探すほうに意識がそれていたのかもしれない。染谷が目を細める。

「営業部の大町《おおまち》さんの横領の件でしょう？　課長は間違いないって言ってましたけど、やっぱり納得いきませんか？」

そう言いながら、染谷は倫理の肩越しにファイルを取った。ふわりと香るフレグランスの甘い匂いに、ただでさえ驚きに早鐘を打っていた心臓が、更に暴れはじめた。

——自分だってこの間は、大町さんが犯人じゃないと思うって言ってたのに……。

証拠とされるものが出てきたとはいえ、あっさり意見を翻《ひるがえ》したらしい染谷に、少々憮然《ぶぜん》とする。黙ってじっと見つめていると、染谷と目が合った。

「決めたスケジュール通りに一日を過ごすのが日課なんじゃないんですか？」

「え？」

一瞬、なにを問われているのかわからず、倫理は目を丸くする。

急激に変わった話に戸惑っている倫理に、染谷は「そう言ってたじゃないですか、飲みの席で」と付け加えた。

「そう、ですけど。でも前にも言いましたけど、絶対にそうしないと駄目とかそういう類のものでもないので」

「ふうん、そうですか」

ファイルをぱらぱらと捲《めく》りながら、染谷が言う。

何故このタイミングで倫理の普段の生活の話をされているんだろうか。少々困惑していると、再び染谷の視線がこちらに向いた。

「でも、こういうことをしてもあまり意味はないと思いますよ」

「えっ」

染谷はファイルを開いて倫理に見せる。そこにファイリングされていたのは十年も前のものだった。

「当然でしょう？　今回の件で、大町さんに関わる書類はすべて調査機関に持っていかれています。ここにはもうありませんよ」

「あ……」

少し考えればわかることだったのに、思い至らなかった。勢い込んで資料室に足を踏み入れたが、まったく無意味だったことに気付かされる。

呆けたように固まった倫理に、染谷が苦笑した。

「……小賢《こざか》しいことをしても、あまり意味はないと思うんですけどね」

小賢しい、という言葉に、頬がかっと熱くなった。

さすがにそんな言い方をしなくても、と声に出しては反論できなくて、ただ俯く。悔《くや》しさと恥ずかしさに目眩《めまい》がしそうだった。

——なんで、そんな言われ方されないといけないんだ。

ぐっと唇を噛んで黙っていると、染谷が「ん？」と声をあげる。

「山田さん？」

呼びかけに応えずにいると、先程まで冷たいと思えるくらいの態度だった染谷は、妙に慌てた様子で「あの、山田さん？」と倫理の顔を覗き込んできた。

つい睨みつけてしまった倫理に、染谷はおろおろし始める。

「違います、誤解ですよ。訂正させてください。今の『小賢しい』って、山田さんに言ったわけじゃないです」

今更そんなフォローをされても、と思いながら顔を上げる。

けれど平素しらっとした美しい顔で飄々《ひょうひょう》としている彼が、目に見えてわかるほど焦っていた。

なんだかこんな彼を見るのは珍しく、倫理はぱちぱちと目を瞬く。ただ驚いて無言になってしまっただけなのだが、黙ったままでいる倫理に染谷はますます狼狽えているようだった。

その様子に何故だか胸元を擽《くすぐ》られているような心地がして、けれどそれが嫌ではなくて、無意識にきつく引き結んでいた口元をほんの少しだけ緩めた。

「じゃあ誰に言ったたっていうんです」

ぼそりと呟けば、染谷は反応が返ったことにほっとしたように小さく息を吐く。

「本当に違いますから。そうじゃなくて……、書類とかその他諸々を、ごまかそうとしても無駄だ、ということです」

――それって、もしかして大町さんのこと？

自分のことではないということはわかったが、先日までは大町を信じるような口ぶりだった染谷からの科白に、落胆した気持ちを抱える。

とはいえ、これ以上彼と言い合う気もなく、そのまま口を閉じた。

ファイルを棚に戻しながら、染谷が息を吐く。

「それに一応の形で事態が解決したといっても、書類がここに戻ってくるのはしばらく先のことになるんじゃないのかなと思いますよ」

「……事態が解決？」

一体なんのことかと首を捻る。そんな倫理に、染谷もまた首を傾げた。

「あれ？　ご存知なかったですか。大町さん、復帰しますよ」

まったく予期していなかった科白の内容に、瞠目《どうもく》する。

「えっ、そうなんですか⁉　じゃあ、横領の濡れ衣《ぎぬ》が晴れたってことですか」

思わず身を乗り出した倫理に、染谷は微笑みを湛《たた》えたまま一歩後退した。

そして倫理ははっと気づく。濡れ衣が晴れていないから――大町が横領犯だという話だったから、自分はここにわざわざいるわけで。

案の定、すぐに染谷が否定した。

「いえ、そういうわけじゃないみたいですね。単に、クビにならなかっただけみたいです。ただ営業部に籍《せき》を置き続けることはできないので、来週から異動になるって……社内はこの話でもちきりみたいですけど」

――知らなかった。

それは、倫理に世間話をするような同僚がいないせいでもある。

社内の事情に疎《うと》い自覚はあったが、だからといって業務に支障があることはあまりないので、気に留めたことはなかった。本当に業務に必要なことならば、口伝《くちづて》ではなくきちんと社内で情報共有されるので不便に感じたこともない。

「……取り敢えず、クビにはならなかったんですよね」

「ええ、そうみたいです」

「そうですか……」

いいことか悪いことかはわからないが、ひとまず彼が社内に留まると知ってほっと胸を撫で下ろす。

それに気づいて、染谷が眼鏡の奥の瞳を眇《すが》めた。

「でも、彼にとってはそのほうが辛《つら》いと思いますよ。針の筵《むしろ》に座るような気分になるでしょうしね」

早晩空気に耐えかねて辞めるしかなくなる、と言いたげな口調だった。染谷の言うとおりだとも思う。けれど。

「……それは、確かにそうかもしれないですね。でも、大町さんが社内にいるのなら、俺がこうして調べることが、あの人にとってプラスに働くかもしれないじゃないですか」

そう口にすると、染谷はほんの少し虚をつかれたような表情になった。

大町が会社を辞めてしまったら、きっとこの問題はこのまま収束していくし、真相究明に動いたところで徒労に終わる。汚名を雪《すす》ぐには、大町本人の存在が不可欠だ。

「そうかもしれませんね」

「そうでしょう？　……現実は染谷さんに指摘されるまで資料がないことに気づかなかったり

して、俺ができることなんてたかがしれてますけど、でも」

できる限りのことはしたい。

だって、この事件はなにかしっくりこないのだ。

何事も、あらゆる物事も、きっちりしていることが好きな倫理にとって、異様な気持ちの悪さがある。

――とはいえ、俺にできることってなにかあるのかな。

取り敢えず、「過去の資料を探る」という手は断たれた。一介の経理部員ができることはあとなにがあるだろうと思案していると、染谷が「山田さん」と呼ぶ。

「はい？」

「随分気にかけてるみたいですけど、そんなに大町さんと仲良かったんでしたっけ？」

「え？　いや、そういうわけじゃないですよ」

「じゃあどうして？」

大町に限った話ではないが、倫理に特別仲のいい同僚などいない。友達だって、小中高大と各二、三人くらいしか連絡を取る相手もいないのだ。

「煙たがられている俺に対して、とてもフラットに接してくれた相手でもあるから好意的な気持ちは勿論ありますよ。でも、大町さんは誰に対してもそうだし、別にそういう意味で横領犯じゃないと思ってるわけじゃないです」

つらつらとそんなことを言った倫理に、染谷は怪訝な表情になった。

どう説明したものかと考えていたら、廊下から「あー、マジかよ！」という大声が聞こえてきて、びくりと背筋を伸ばした。

「――！」

染谷は何故か距離を詰めてきて、倫理を資料室の棚に押しやった。そして、棚に背をあずけた倫理を隠すように、手をつく。

顔の横に染谷の右手が、肩の横に染谷の左手があり、閉じ込められるような恰好だ。倫理は目を白黒させる。

――ちか、近い……っ。

きっと、これ以上ないくらい赤面しているだろう。頬が熱くて目の前がちかちかしていた。

こんなに第三者と接近した経験などないし、その相手が作り物のように美しい顔をした男のせいもあって、軽くパニックに陥る。

こちらの様子など見ていない染谷は、人差し指を形のいい唇にあてて「しっ」と静かにするように言った。

言われなくとも、惑乱していて声が出そうにない。一方廊下では、男性二人の話し声がしていた。

「経理に人がいねー！　っていうか山田さんも染谷さんもいねーし！」

「まあ、定時だいぶ過ぎてたしなぁ……ダメ元で来たけどやっぱ駄目だったな」

聞き覚えのある声から、二人が営業部員だということがわかる。どうやら、外回りの帰りに顔を出したらしい。

染谷の行動は、ここで資料室から出ると用事を頼まれてしまいそうなので、静かにしてやり過ごそう、ということなのだろう。とはいえ、なにもこんなに接近せずともよいのではないか。

――そんなことよりも、近い。

染谷のフレグランスが濃く香り、それだけで緊張してしまう。呼吸さえぎこちなくなってきて、早く離れてほしいと願った。

けれどそんな祈りも虚《むな》しく、そのまま立ち去るものかと思っていたら、彼らはふたりとも資料室の前で立ち話を始めてしまった。

「――つうか、聞いた？　大町辞めねえんだと」

まさに先程話していた人物の名前が出て、びくっと身を竦ませる。

「あいつも大概神経太いよな、俺なら無理だわ」

「どんな面《ツラ》して会社に居座る気なんだろうなあいつ」

「横領した分、タダ働きでもすんじゃねえの。返せる額か知らねえけど」

「返せるだろ。散々稼いでたんだろうから。横領して」

怒りや揶揄《やゆ》、侮蔑《ぶべつ》を含んだ笑い声に、自分が言われているわけでもないのに冷や汗が滲む。

今までも多少、経理部で彼らの愚痴を聞くことはあったけれど、これほどまでに悪し様《あざま》な会話を聞くのは初めてだ。

息がかかるほどの距離に染谷がいる緊張感すら吹っ飛び、覚えず反論しようとした口を染谷の人差し指にそっと押さえられた。

「あいつの担当してたところ、なんか俺ら全員に割り振るんだってさ。ぜってえ嫌なんだけど」

「事情聞かれたら言ってもいいのかね、『横領事件起こして別の部署に異動になりました』って」

「身内の恥だけどいいんじゃねえの、それくらい言っても罰《ばち》は当たらねえよ。あーめんどくせえー」

二人はさんざん大町のことについて話したあと、やっと資料室の前から離れたようだった。

それはものの数分間のことだったかもしれないが、倫理にはとんでもなく長く感じる時間だった。

「……行ったみたいですね。大丈夫ですか？」

「え、……あ、はい」

唇を塞ぐために触れていた指をそっと離して、染谷が顔を覗き込んでくる。倫理は色々なことに動揺しながら、ぎこちなく頷いた。

「聞いていて、あまり気持ちのいいものじゃなかったですね」

「はい。……俺、友達いないので、そもそもああいう話を長く聞くことに免疫《めんえき》がなくて」

聞いていて、胃のあたりが気持ち悪くなった。

胸元を擦《さす》っていたら、小さく笑い声が落ちてくる。怪訝に思って視線を上げると、染谷が微《かす》かに笑っていた。

倫理が見ていることに気づき、こほんと咳払《せきばら》いをして「失礼」と言う。

「なにか変なこと言いました？　俺」

「いや、変なことではないですけど……友達がいないから、って真面目に言うのがちょっとツボに入っちゃって」

言いながら、その口元が笑っている。

なにがおかしいのか、と思ったが、不思議なことに笑われていることに対して特に不快感はなかった。

「だって友達の有無と、ああいう話が嫌なのは関係ないというか……山田さんがまっすぐな人ってだけで」

融通《ゆうずう》がきかず頑固な己の性格をそんな風に表現してもらえたのが意外で、なんだかどぎまぎしてしまう。

「でも友達いないのは事実ですし」

言い添えたら、また染谷が笑った。

「真剣な顔で友達いないって自己申告しないでください……、っく」

「いや、なんでそんなにウケてるのかわかんないんですけど……」

果たしてこれは怒るべきなのかどうかわからないが、あまりに楽しそうなので腹も立たない。

——ていうか、この人こんな顔して笑うんだ。

中性的な雰囲気のある彼は、いつも作り物めいた綺麗な微笑を浮かべている。けれど、今は普通に二十代の男性らしく破顔していた。それがなんだか新鮮に思えて、まじまじと見てしまう。

こちらの視線に気づいたのか、染谷はまた一つ咳払いをしてやっと表情を取り繕《つくろ》った。

「さて、営業部さんも行ってしまったことですし、出ますか」

「あ、はい。そうですね」

資料自体がないので、証拠集めはできそうにない。

倫理もここに残る理由はなく、おとなしく資料室を出た。その流れで二人並んで駅に向かうことになり、忘れていた緊張感が戻ってくる。

先程までよりむしろ距離は離れているというのに、そわそわと落ち着かない。とはいえ、気が張っているのは倫理だけのようだ。

「あの……」

「はい」

沈黙に耐えかねて口を開くと、のんびりと返される。

特に話題があったわけではないので、話しかけてから会話の緒《いとぐち》を探す有様《ありさま》だった。

「え、と……大町さんって部署異動するって話でしたけど、どこに行くんですかね」

さあ、と言われて終わりそうな話題を選んでしまったことをすぐに後悔した。もうちょっと会話の続きそうな話題はなかったものかと焦る。

「社史編纂室《へんさんしつ》ですよ」

けれどあっさりと返った答えに、倫理は目を丸くする。

「社史編纂室、ですか」

それはまた毛色の違ったところへ行ったものだ。

だが、金銭を扱うことが比較的少ないと思われる部署に異動させられたのかという考えに至り、憂鬱《ゆううつ》な気持ちになった。

「山田さん?」

黙り込んでしまった倫理を、染谷が怪訝そうにうかがう。はっと顔を上げて、倫理は慌てて話を繋いだ。

「社史編纂室、と言えば、あの、……稲葉《いなば》さんでしたっけ。あの人と仲いいんですか」

先日、屋上でばったり鉢合わせしたときのことを思い出し、咄嗟にそんな質問を口にする。

あの後、無精髭の彼は社史編纂室の室長補佐である稲葉教明《のりあき》だとわかった。

すると染谷はまた想像と違う反応を見せた。

微かに瞠目して口を閉じ、それから思い出したように微笑みを乗せた。

「いいえ、どうしてですか」

「え、でもこの間ふたりで屋上に来ませんでしたっけ」

「たまたま行く途中で一緒になっただけですよ。仕事上で挨拶はしますけど、特に仲がいいというわけでは」

「そう、なんですか」

あの日は、稲葉が「喫煙所《きつえんじょ》がいっぱいで屋上に吸いに来た」と言っていて、倫理が喫煙所に行くべきだと追い返してしまった。そのときに染谷だけが屋上に残って、「一緒に帰らないのかなぁ」と思ったのでよく覚えている。特に仲がいいというわけではないと聞いて、だからだったのかと腑《ふ》に落ちた。

——そうか。……でも。

でも、二人の空気はたまたま居合わせた仕事上での顔見知り、という程度の感じではなかったようにも記憶している。その後も一度、営業部に混じって彼らが一緒にいたのを見た覚えがあった。

それとも、無意識にそういう穿《うが》った見方をしてしまったのか。

——……なんで穿つんだ?

自分の思考がよくわからなくて悶々《もんもん》としていると、目の前に染谷の顔がひょいっと割って入ってきて、「うわあ!」と声を上げてしまう。

オーバーリアクションの倫理に、染谷は苦笑した。

「そんなに驚かなくても」

「驚きますよ! なんか染谷さん、いっつも俺をびっくりさせてませんか」

どかどかと暴れる胸を手で押さえながらそんな憎《にく》まれ口《ぐち》を叩くと、染谷がくすっと笑った。

いつもの澄ました笑みではなく、先程と同じ、つい零れてしまったというような笑顔に暴れていた胸がぎゅっと縮こまる。

「びっくりさせてすみません。でも駅に着いたのに通り過ぎようとするから」

「え。……あ、本当だ」

駅入り口に着いていたことに、今になって気づく。

――なんだか、染谷さんといるとすごく調子が狂うな……。

染谷とは方向が違うので、改札を通ったら別れることになる。ほっとした気持ちで「じゃあここで」と言ったのと同時に、染谷に耳元に触れられた。

「――」

「埃《ほこり》がついてました」

そう言って微笑む彼にぎこちなく「ありがとうございます」と返し、倫理はぺこりと頭を下げてホームへ続く階段を下りる。ゆっくりと下りたのに、なぜか階段を踏み外しそうになった。

やっぱり、染谷といると調子が狂う。

家に帰ったらスケジュール通りに過ごして問題集を解こうと心に決めた。そうすれば、きっといつもの調子に戻るはずだと、祈るような気持ちで。


「――こんにちは」

数日後、経理部に大町《おおまち》が現れた。一瞬室内の空気が変わったが、渡辺《わたなべ》も佐藤《さとう》もおくびにも出さずに黙々と作業をこなしている。課長と染谷《そめや》は相変わらず席を外していた。

大町は以前と変わらぬ笑顔で、そして元気に挨拶をしながら入ってきた。

「山田《やまだ》さん。これ、お願いします」

倫理《みちのり》は本当に大町が会社をやめていなかったことに安堵《あんど》しながら、手を差し出す。

「はい、承りました」

いつものようにただそう言って領収書を受け取ると、その瞬間大町の手が微かに強張《こわば》った気がした。

反射的に大町の顔を見ると、彼は何事もなかったかのようににこりと笑う。

「それじゃ、よろしくお願いしますね」

はきはきと言って、大町が経理部を後にする。

伝票は、当然ながら営業部の頃と金額も内容も違う。そんなことで、大町の仕事内容ががらりと変わってしまったことを如実《にょじつ》に感じた。

倫理は経理部の外へ出る。歩くのが速い大町は、思ったよりも遠くにいた。

「お、大町さん！」

慌てて追いかけて声をかけると、大町が驚いた顔で振り返る。

「山田さん？　どうしたんですか、不備ありました？」

問いかけられて、自分でも困惑する。ただ、おおらかにいつもどおりに振る舞う彼を見たら、いてもたってもいられなかった。

「不備は、ないです。このまま処理します」

大町は不思議そうにしながらも、ありがとうございますと口にする。

じゃあ何故ここにいるのか、という顔をしているのは当然だろう。不審に思われているのもわかって、慌てて口を開く。

「その、俺は大町さんがあんなことしたわけじゃないと、思ってます」

脈絡もなく、けれど前から思っていた科白を言った倫理に、大町は目を瞠った。

口下手《くちべた》な自分が恨《うら》めしい。焦れば焦るほどうまく喋れる気がしなくて、でも今は上手に話すことよりも気持ちを伝えたほうがいいだろうと思う。

普段どおり、なにも変わらぬ笑顔を見せていた大町の表情が、そのとき泣きそうになった。すぐに笑みを乗せたけれど、目に薄く張った膜《まく》はごまかせない。

「あの……元気、出してください」

「ありがとうございます。……大丈夫、元気です！」

今度こそ昔と変わらぬ元気な顔になった大町に、倫理はほっと息を吐く。

「でもどうして僕を信じてくれるんですか」

大町の人間性というより、倫理が違うと思う理由は妙な違和感だった。

複式簿記で貸借《たいしゃく》が一致しないことがなんとなくわかることがある。それによく似ている。

あまりに感覚的な話でもあるし、そんな説明をどうしたら説得力のある形でうまく伝えられるのか。

「それは──」

「──あれ、山田さん。どうしたんですか？」

なにか話さねばと思った瞬間に、別の声が割って入った。振り返ると、染谷が立っている。

何故ここに、と思ったのが表情に出たのか、染谷は「今丁度課長のお供から戻った帰りです」と答えてくれる。

課長のお供ということは、つまり横領事件に関するあれこれについて仕事をしてきたということなのだろう。

大町はそのことについて知らないとはいえ、同じ空間に二人がいることに妙に焦ってしまう。けれど察しのいい大町はなにか気まずげな空気を察し、「じゃあ僕はこれで」と会釈《えしゃく》した。

——結局、うまくフォローできなかった。

柄にもないことをするものではないということなのか。とはいえ、とにかく一番重要なことは伝えられたのでよしとした。

ちらりと染谷をうかがうと、彼はにこりと笑う。

「じゃあ、経理部に戻りますか」

そのとき不意に、ある疑問が浮かんだが、思い過ごしに違いないと思い、倫理は染谷とともに経理部へと足を向けた。


——……なんか、やっぱり気のせいじゃない気がする。

大町と喋っているときに染谷に感じた疑問は、「横領事件に関することに接触しようとすると、阻まれる」ということだった。

資料室のときもそうだったが、大町と話していたときも、とてもタイミングよく染谷は入ってきた。

その後も「なにか調べようかな」と行動しようとしたり、経理部にやってきた大町に少し話を聞こうとしたりすると、染谷が現れる。

最初は単なる偶然かと思っていたけれど、こうも偶然が重なり続けるのはおかしいと、さすがの倫理でも察していた。

――どうしてだろう。

人を疑うのはよくない。

だが疑わしい行動をとる人を怪しむのも当然のことだ。重なりすぎた偶然は、もはや偶然とは言わない。

そして自分が彼にだけ感じていた「調子の狂う感じ」――目が離せなかったり、やけに緊張したりするのは、きっと自分の第六感が反応しているのだろうと倫理は確信する。

――いや、怪しいのは俺か。

あまりに気になってしまった倫理は現在――金曜日の夜、帰宅せずに会社近くのチェーン店のカフェで、本日も残業をしている染谷を待ち伏せしている。金曜日を選んだのは、翌日が休日で、スケジュールが崩れても調整がしやすいと考えたからだ。

――一日のスケジュールからはずれるけど、就寝前の自由時間を帰社後に当てて調整しているだけだと思えば……。

他人にとってはよくわからない理論で自分の内での整合性を取る。

暇つぶしを兼ねつつ冷静になるための道具である簿記の問題集をガリガリと解きながら、社屋の正面玄関に目を配った。

――早いうちに、出てきてくれるといいけど。

染谷はいつも経理部で最後まで仕事をしていることが多い。当初は気に留めていなかったが、今思うと少々不思議だ。皆似たような仕事をしているのに、なにをそんなに居残ってすることがあるのだろう。

――あっ。来た。

染谷の姿を認め、空《から》になったプラスチックのカップを捨て、荷物を纏めて店を出る。

見失ったらいけないと慌てて染谷の姿を探すと、彼はいつもの帰り道ではなく、地下鉄の駅がある方向へと歩いていた。

――……染谷さん、JRじゃなかったっけ。

単に会社帰りにどこかへ寄る用事があるだけ、という可能性もある。けれど、彼にはなにかがあるに違いないと疑心暗鬼になっていた倫理は、裏付けのひとつを得たような気分になって染谷のあとを追い、帰宅ラッシュで満員の電車に乗り込んだ。

映画やドラマなどではいとも簡単にやっている「尾行」は、思ったよりも大変で気を遣う。離れすぎず近づきすぎずという距離を保つのも大変だし、なにより気を張っているせいか走ってもいないのにやけに息が切れるのだ。

——あっ、降りる。

新宿三丁目駅に到着すると、染谷は電車を降りた。数秒の時間差で、倫理も降りる。人の多さに見失いそうになりながら必死についていくと、彼は駅から数分ほど歩いた場所にあるマンションの中に入っていった。

当然中についていくわけにはいかないので、倫理は立ち止まる。入り口を覗き込み、外観を見上げた。

——え……、ふ、普通に家に帰っただけ……？

絶対になにかある、と確信してついてきてしまったが、ただ居住地と思われるマンションに入っただけの染谷を目《ま》の当たりにして呆然とする。

——俺のしたことって、無駄足以外の何物でもなくないか。

興奮していた頭が冷め、自分を顧《かえり》みて青くなる。無駄足どころか、これではただのストーカーだ。決してそんなつもりはなかったが、「住居」という個人情報を得てしまった。

——大体、染谷さんを尾行をして、俺は一体なにをどうするつもりだったんだ……。

冷静になってみると、自分の行動がまるで考えなしどころか無茶苦茶だったことがよくわかって赤面する。

もんもんと考え込んでいると、ふとマンションの玄関口から男性が出てきた。反射的に物陰に隠れる。

——……あれ？

その背格好に見覚えがあって目を凝《こ》らす。

——染谷さん？

マンションに入ったときは、いつもどおりきっちりと髪を整え、スーツを着用していた染谷が私服に身を包んでいる。

淡い色のシャツに白いジャケット、細身のスラックスを身に着け、髪も下ろしている。

カジュアルな雰囲気の服を見るのも初めてだが、一番印象が変わって見えたのは眼鏡をしていないことだろうか。

眼鏡をしていても整っていることがわかるのに、素顔を晒《さら》した彼はもっと美しさが際立っていた。スーツのときとはまた種類の違う色っぽさも感じる。

一瞬別人のように見えたが、毎日対面で顔を見ている倫理は、彼が染谷だとすぐにわかった。

ぼんやりと見とれていた倫理は、はっとして彼のあとを追う。

横領事件だとか、染谷が怪しい、という意識が働いていたというよりは、まるで誘われるようにふらふらとついていってしまった。

彼が足を向けたのは、マンションから徒歩五分ほどのところにあるショットバーだった。

そもそも一人で飲み屋に入店した経験のない倫理は、足を踏み入れるかどうか一瞬躊躇する。

けれどここまで来て引き返せない、と妙な意地と開き直りで、時間をずらしてから店のドアを押した。

「いらっしゃいませー！」

金曜日の夜ということもあってか、店は賑《にぎ》わっている。殆《ほとん》どの席が埋まっていて、どうしようかとまごついていると、すぐに店員と思《おぼ》しき男性がやってきた。

「いらっしゃいませ。すみません、今ちょっと席が埋まってしまってて……大きなテーブルで相席でも大丈夫ですか？」

「あ、えっと、はい」

こちらにどうぞ、促されたのは、店の中心に置かれた十人以上が座れる大きなテーブル席だった。そちらも既に半分近く席が埋まっていた。

一つおきになるように腰を下ろし、すぐに注文を取りに来た店員にビールをオーダーする。きょろきょろと周囲を見回しては不審がられるかと思い、倫理はカムフラージュがわりに携帯電話を取り出した。

携帯電話越しに店内の様子を探ると、すぐに染谷の姿が見つかった。

――誰かと喋ってる。

彼はカウンター席に座り、隣席の男と話していた。隣の男は、スーツを着用している。痩《や》せ型だが、広い背中が印象的だった。

「はい、ビールおまたせしましたー!」

じっと見つめていた視線に割り込むように店員がやってきて、倫理ははっとする。

「あっ、は、はい、ありがとうございます」

よく冷えたグラスに注がれたビールを舐《な》めるようにちびちびと飲んでいたら、不意に染谷が後ろを振り返る。

慌ててうつむき、調べ物をしているふりをした。適当になにか検索でもしようと、コースターに書かれた店名を検索窓に打ち込む。

出てきた検索結果に倫理はぎくりと固まった。

――ゲイバー?

ぎょっとして、倫理はその文字列を何度も見返してしまった。そして、思わず周囲を確認する。

――……確かに、男の人しかいない。

染谷を追いかけるのに必死で周りが見えていなかったが、たくさん客がいるのに女性の姿はひとりも見当たらない。

ゲイバーと言っても、スポーツバーを兼ねたショットバーであり、普通に飲み食いのできる善良な店だという評価が並んでいる。自分がイメージするところのものとは違ってほっとしたが、それでも困惑した。

――……どうしよう。

一応、自分の恋愛対象が同性だという自覚はぼんやりとある。だからこそ余計に、こういうセクシャリティに関わる部分を、本人のあずかり知らぬところで勝手に知ってしまうのはよくないことだという感覚はあった。

自宅に引き続き、彼のパーソナルな部分を暴いてしまったことに、とてつもない罪悪感と後悔にかられる。

その一方で、彼の恋愛対象に男が入っている、という事実に胸がひどくざわついた。

――染谷さんも、男の人が好きな人……なのかな。

期待しているような、傷ついているような、喜怒哀楽《きどあいらく》が綯《な》い交《ま》ぜになったような、なんとも言い難い気持ちだ。

携帯電話から視線を上げ、もう一度彼のほうを見る。

染谷は楽しげに会話しながら、傍らの男に耳打ちした。そして、二人で肩を寄せ合って笑い合う。

誰から見ても親密そうな二人の雰囲気に、目が離せない。ぼんやりと二人の様子を眺めているだけで、胸の奥がすうっと冷たくなっていく感覚があった。

――……あの人が、もしかしたら染谷さんの恋人？

ゆっくりとそんな疑念を咀嚼し、喉のあたりが苦しくなってくる。

頭が真っ白になり、呆然としていると、カウンターで仲良く喋っていた二人がバーチェアを降りた。

たったそれだけの姿がなんだか様になっていて、二人がお似合いの仲のように倫理には見えて、また胸が苦しくなった。

スーツを脱いで、わざわざ着替えてめかしこんで染谷は彼に会いに来たのだ。苦しいばかりじゃない、苦く、辛く、悲しい気持ちが胸の奥に渦巻く。

——俺、ここでなにしてるんだろう。

染谷が怪しい、などと言い訳してこんなところまでストーカーのようについてきて。自分はただ、彼のことを知りたかっただけなのではないか。

どうして、そこまでして彼のことが知りたくなったのだろうか。考えようとしても、ぼんやりとした頭にはなにも浮かんでこなかった。

「——失礼」

いつの間にかテーブルの上に落としていた視界の中に、大きな手が入り込む。

テーブルに置かれた手をたどって見上げると、スーツ姿の男が倫理を見下ろしていた。仕立てのいいスーツを纏い、髪をきっちりと撫で付けた男は、倫理に微笑みかける。

——誰？

見覚えのない男をじっと見上げ、そして不意に、先程染谷の横に座っていた男性だと気がついた。視線で染谷の姿を探したが、倫理の見る限り店内に彼の姿はない。

「君」

美丈夫《びじょうぶ》と呼ぶに相応《ふさわ》しい人物と対峙し、倫理は硬直する。もしかしたら目の前の彼が、染谷の恋人なのだろうかと思うと、ますます身が硬くなった。

そんな倫理の様子に気づき、男性は少々困惑したように頭を掻《か》く。

「……唐突に声をかけてすまない。萎縮《いしゅく》させるつもりはなかったんだが」

いえ、と声に出すこともままならなくて、倫理は必死に首を横に振る。彼が悪いのではなく、自分の問題だ。

自信に溢《あふ》れ、高級感のあるスーツや時計を身に着けた目の前の男性と自分を比較し、勝手に絶望的な気分に陥った。比較すること自体図々しいのはわかっているのに、「負けた」と思ってしまう。

じっと見下ろされるだけで、重力が何倍にもなって伸《の》し掛かってくるような錯覚《さっかく》を覚えた。

――じろじろ、見すぎたかな……俺が、染谷さんを不躾《ぶしつけ》に見てたから怒ってる、とか……？

青褪《あおざ》めて見上げる倫理に、男性は躊躇いがちに「あのさ」と口を開いた。

「――あれ？　彼氏ほっといてナンパ？」

その瞬間割って入ったのは、先程のオーダーを取りに来てくれた店員だった。彼の笑いながらの指摘に、男は顔を顰める。

「神崎《かんざき》さん勘弁してくれよ、そういうんじゃ――」

確かに、彼氏が染谷ならば、倫理のような男をナンパする道理などない。倫理は席を立った。唐突に立ち上がった倫理に、二人が目を丸くしている。

「お会計お願いします」

「あ、はーい」

メニュー表を見て既に税込みで計算して用意していたビール代をお釣《つ》りの出ないように払い、倫理は声をかけてきた男性にぺこりと頭を下げて店を出る。男性は店員に「やーい、ふられたー」と揶揄われていた。

気安いその様子に、彼がこの店の常連なのだということはわかった。

そして店員が「彼氏」と呼んでいたということは、つまり本当に彼は染谷の恋人で間違いないのだ。

そう理解したのと同時に、思わず席を立っていたのだ。早くここから逃げ出したいと思ってしまった。染谷の恋人と同じ空間にいたくない。一緒にいるだけで、心臓が潰れてしまいそうな、そんな気がしたのだ。

――……なんで。

なぜ、こんな感情に陥るのか。

ただただ苦しくて、涙が出そうだった。二人が並んでいるシーンを思い出す度に、胸が痛くて、息苦しくて、たまらなくなる。

染谷の隣にいた男性は、倫理など足元に及ばないほどかっこよくて素敵な人だった。

なによりも、彼の隣にいる染谷はいつもと違った。綺麗で、自然体で、それはきっと同僚たちには――倫理には見ることのできない表情なのだろう。

――……馬鹿だ、俺は。

横領事件に絡んで色々言い訳を重ね、彼を追いかけてきた。けれど、それはただの建前でしかなかったのだと気付かされる。

胸の中に渦巻《うずま》いているのは、嫉妬心《しっとしん》と、恋心だ。

この状況に陥るまで、気づくこともなかった自分の鈍さにほとほと呆れる。

――こんなこと、しなきゃよかった。

染谷が怪しいなどと穿った見方をして、あとを付け回して、プライベートを知って勝手に傷ついて。

なにより、こんな最低な己の行動と気持ちを染谷に知られたら、絶対に嫌われる。

色々な事実と状況を自覚したら、到底あの場にはいられなかった。今更になって不安になるなんて馬鹿げているけれど、今の倫理には逃げる以外にできることがない。

大急ぎで店を出たときの元気は既になく、倫理は駅までの道をとぼとぼと歩いた。

「――……さん……」

喉が、胸が苦しくて、本当に涙が出そうだった。まだ涙の出ていない目をごしごしと擦り、息を吐く。

自己嫌悪に塗《まみ》れて、このまま消えてなくなってしまいたかった。

「――山田さん！」

近距離で名前を呼ばれ、はっと顔を上げる。

振り返ると、そこには息を切らした染谷が立っていて、倫理は青褪めた。

どうして、と思いながらも声も出せずにただ見返す。

互いに黙り込んだまま見つめ合っていると、染谷はふと、髪や服装を気にし始めた。さらさらと額に零れる髪を、染谷は掻き上げた。

「ああ、ええと、染谷ですけど」

「え？　あ、はい。わかってます」

そんなことを言われ、首を傾げつつも頷く。こちらが染谷だと気づいていないのかと思ったのかもしれない。

染谷は拍子抜けしたような顔をして、それから片手で顔を押さえながら大きく嘆息した。

確かにいつもと髪型も違うし、眼鏡も外しているし、私服姿だけれど、彼だということくらいはわかる。――なにせ、ストーカーよろしく尾行し、マンションから出てくるところをばっちり見ていたので。

省《かえり》みてまた陰鬱《いんうつ》とした気分になる。

「染谷さん」

「……はい」

「俺、言いませんから。あのバーにいたこと。あの、俺も、あそこにいたわけですし、おあいこっていうか」

しどろもどろになりながら伝えてから、墓穴を掘ったことを自覚する。染谷はまだなにも言っていないのに、倫理は自分がゲイバーにいたこと、そこで染谷の姿を認めていたこと、そして自分が同性に恋愛感情を持つということを勝手にべらべらと喋ってしまった。

流石に会社を出たところから後をつけてきていたことまでは察せられないだろうが、背中に汗が伝う。

染谷は無言のまま大股《おおまた》で距離を詰めてきた。小さく息を飲み後退った倫理の手首を、染谷が摑む。

彼の手に触れられるだけで、肌が痺れるような感覚があった。

「あ、あの……っ」

染谷は倫理を人気《ひとけ》のない裏路地に引っ張り込み、倫理の手を摑んだままもう一度顔を近づけてきた。至近距離まで近づいた顔に緊張しながらも、自分と違ってなんて整った顔なのだろうと見惚れる。

彼は何故か一瞬堪えるような顔をして、それから小さく息を吐いた。

「……さっき、なにか聞きました？」

「え？　……いえ、でも、仲良さそうに彼氏さんと話していたのは、見ました」

内容までは聞こえていない。

ただ、親しそうな雰囲気で楽しげに話していたのはわかっている。店員が「彼氏」だと言っていたのを思い出して、胸が痛んだ。

けれど倫理の返答に、眼前の綺麗な顔が思い切り歪《ゆが》んでいた。その意味がわからずに戸惑っていると、染谷は「違います」と唸《うな》るようにつぶやいた。

「……あの人は別に、僕の彼氏ってわけじゃないですよ」

「あの、誤魔化さなくても俺、吹聴《ふいちょう》したりとかしませんよ」

だから安心してほしいと誠意を持って伝えたつもりだったが、染谷ががっくりと項垂《うなだ》れる。

「いや、本当に違います。なんでそんな誤解を」

「だって、ご本人が彼氏だって言ってましたよ。それに、俺さっき、牽制《けんせい》されましたし」

「はぁ⁉」

染谷が大声で発した声に、倫理はびくっと身を竦める。染谷ははっとして、「すみません、大きな声を出して」と謝った。

「牽制って、なんであの人がそんな……ふざけんなよ、あの野郎」

ぶつぶつと独《ひと》り言《ごと》を口にする彼の言葉遣いが普段よりも乱暴で、倫理は目を白黒させる。いつも冷静な様子でにこにこ笑っている染谷とは思えないほどだ。

——……あれ？　でもよく考えたら牽制はされていない、かも？

上背《うわぜい》と肩幅《かたはば》があり、経済力も顔面偏差値も大敗している自分が勝手に牽制されたような気分になっただけで、彼はただ話しかけてきただけだったかもしれない。

相手が染谷とやけに親しげだったこともあって、余計にそんな気がしていただけな気もしてくる。

染谷は仕切り直すように深く息を吐き、倫理を見つめた。

「——誤解です、本当に。あの男があなたになにを言ったか知りませんが、そういう事実はありません」

「でも」

「本当です」

近くで囁かれて、どくんと心臓が大きく跳ねる。これ以上近づかれたら心臓の音を聞かれてしまうような気がして、倫理は染谷の胸を押し返した。

「な、なんで俺にそんなことを言うんですか……っ」

冷静に言ったつもりが、声がうまく出ない。うつむき、必死に言葉を繋ぐ。

「別に、俺にそんな言い訳する必要、ないじゃないですか……！」

自分で口にしている言葉なのに、言っていることは事実なのに、胸が痛くて堪らない。

——ああ、俺やっぱり……。

先程自覚した感情は間違いではなかった。

自分は、染谷に惹《ひ》かれている。恋をしている。

この苦しくて、緊張して、でも傍にいるだけで胸が高鳴るこの気持ちを、多分きっと恋というのだ。

いつも彼が気になってしまうのも、会社の問題を言い訳に後をつけてしまったのも、彼を思って自慰行為をしたのも、そういうことだったのだ。普通の人ならばとっくに自覚していそうなものなのに、今になってようやく気づいてしまう。

染谷の胸元に触れていた手は、無意識に震えていた。染谷は倫理の手首を摑み、下ろさせる。不意に顎を掬われ、顔を上向かされた。

目と鼻の先にある染谷の顔に、また言葉を奪われる。彼は、まっすぐに倫理を見ていた。その瞳に縫《ぬ》い留《と》められるように、身動《みじろ》ぎできない。

「……山田さん、自分が今どんな顔してるかわかってる？」

問われている意味がわからず、惑乱しながら「知りません、わからない」と消え入りそうな声で返せば、染谷は苦笑した。

「どうして、僕のあとを追ってきたんですか」

気づかれていた。

ざあっと血の気が引き、倫理は逃げるように視線を逸らす。下手くそな尾行など、知っていたのだ。

「俺は、ぐ、偶然あの店に」

「嘘」

一瞬で嘘と断じられ、口をつぐむ。

「今日、会社出てからずっと、僕のあとついてきていたでしょう?」

染谷の声は怒っていない。いつもの「優しい染谷さん」の口調でそう言って、じっと倫理を見下ろしてくる。

下手な言い訳を重ねようとしても声が出ず、まるで猫と対峙した窮鼠《きゅうそ》のように身を震わせた。

「……すみま、せん」

「どうして謝るんですか? なにか悪いことをしたと思ってる?」

いつもどおりにこやかに、けれど追及の手は緩めない染谷に、背筋に冷たい汗が流れる。声も荒らげていないし、表情は穏やかだけれど、きっと怒っているのだ。

染谷を怒らせた。その事実に体がますます強張《こわば》る。

倫理は震える唇を開き、もう一度「すみませんでした」と謝罪した。

「あ、謝ったのは、勝手にあとを、ついてきたことです。……それで、染谷さんの、プライベートな部分に、踏み込みました。悪いことをしたと、思っています」

「プライベートな？　……ああ、ゲイバーに入ったところを見たからってことですかね。それは構いませんよ、別に。第一、あの店に出入りしたからといってゲイだと言い切れるものではないですし」

「でも、彼氏のひとが」

「――だから、あれは違います。誤解です」

まだ言い終わらないうちから強めに否定され、倫理はその意見をひっこめた。

「それで？　さっきの『どうしてついてきたのか』という質問に答えてないですけど」

「……あとをついてきた、のは」

「ついてきたのは？」

鸚鵡返しに問われて、こくりと唾《つば》を飲む。

「それ、は……」

横領の件で、あなたを疑っていたからです。

そんな本音を直截《ちょくせつ》に言うのは流石《さすが》に憚《はばか》られた。

それに、そればかりが理由じゃないのももう自覚していたからだ。けれど、それだって染谷には言えない。染谷はつい先程、ゲイではないと言った。

どちらの理由も伝えられるはずがない。どちらであっても、彼の不興を買うのは必至だ。

なんと言って誤魔化せばいいのか。婉曲《えんきょく》に伝えるにはどうすればいいのか。——だけどそんなことができるはずがない。染谷に嫌われる以外の道がない。

噛み締めていた唇に、不意に指で触れられた。羽が触れるようなその感触にびくっと体が強ばる。

桜の樹の下で触れられたときの記憶が蘇り、息を呑んだ。

普段、満員電車くらいでしか他者に触れる機会のない倫理は、唇に触れられた経験など一度もない。

ただ指が触れている、それだけのことにどうしてこんなにも狼狽してしまうのか、自分でも自分のことがよくわからなくなる。

真っ赤になって震えていると、染谷が困ったように笑った。

「なんで黙っちゃうんですか」

だって、そんな風に距離を詰めてくるから。

そう返したいのに言葉にならない。

いつもと違う恰好をしているけれど、いつもと変わらない美しい顔がそこにある。染谷が至近距離にいると意識するだけで、金縛《かなしば》りにあったように体が動かない。

「どうしてあとをつけてきたのか、という質問に何故答えてくれないんですか」

「っ……」

下唇を軽く押されて、倫理はぎこちなく唇を開いた。けれど、やっぱり言葉が出てこない。

「……黙ってると、キスするよ」

「っ……!?」

揶揄う声に、音もなく悲鳴を上げる。

身動きもせず言い訳もしない倫理に、染谷は顔を近づけてきた。彼の呼吸音が聞こえる。いい匂いがする。それだけで思考が停止する。

硬直した倫理を探るような目で見て、染谷が小さく咳払いをした。

「それが嫌なら、ちゃんと言ってください。ほら、どうして？」

惑乱する倫理と裏腹に、染谷はいつものように穏やかな微笑みを湛えていた。

キスをされるのが嫌なら、なぜあとを追いかけてきたのか言え、ということは、このまま黙っていたらキスをされてしまうということだ。無意識に体が逃げる。

けれど逃さないとばかりに、染谷は倫理の背後にある壁に手をついた。両腕に挟まれる恰好になり、身動きが取れない。呼吸もうまくできなくなってきて、自分が息をしているのか止めているのかもわからなかった。

徐々に染谷が近づいてくるのがわかっているのに、声が出ない。

「山田さん、……言わないと」

こつん、と額をぶつけられて、足元から頭にかけて、ぶわっとなにかがこみ上げてくるような感覚があった。

肌と肌が触れて、頭が真っ白になる。

——早く、答えないと。

答えないと、キスをされる。

答えなかったら、キスをしてくれる。

焦点《しょうてん》が合わないくらい近くにある染谷が、片頬で笑う。

時間切れ、という囁きが聞こえたそのすぐあと、唇に染谷の唇が重なった。

ちゅ、と小さな音を立ててすぐに唇は離れていく。

「……っ」

「お、っと」

たったそれだけのことに腰を抜かし、倫理はずるずるとその場に崩れ落ちそうになった。けれどその前に、染谷が腕を摑んで支えてくれる。

大丈夫？　と問いかけられたが、まるで熱で浮かされたように答えられなかった。

そのあとはどういう会話をしたか曖昧だ。ふらふらとしている倫理の腕を引いて大通りまで連れて出てくれた染谷は、タクシーを止めて中に倫理を押し込み、そして助手席側からタクシーの運転手に五千円札を渡し、倫理に手を振った。

「真《ま》っ直《す》ぐ帰ってね。領収書は切らなくていいから」

「あ、の」

「運転手さんお願いします。高円寺《こうえんじ》方面で。――おやすみなさい」

「お、おやすみなさい……」

口を挟む隙もなく染谷はさくさくと話を進めてしまい、タクシーも動き出してしまった。

「お客さん、高円寺方面って、高円寺でいいの？　中野《なかの》とか阿佐ヶ谷《あさがや》？」

「あ、いえ、高円寺をちょっと行ったところで……」

そういえば何故染谷は倫理の住んでいるところを知っているのか。はたとそんな疑問が湧いたけれど、なにかの折に最寄り駅の話をしたことがあったかもしれないと思い直した。

「じゃあしばらくそっち目指して走っちゃうね」

タクシーの運転手は話し好きなタイプだったようで、ちょくちょく倫理に話しかけてくる。

普段はあまり歓迎したいタイプのドライバーではなかったが、今の倫理にはありがたかった。動揺や混乱を紛《まぎ》らわすことができるからだ。

自宅マンション前までタクシーで乗り付けた倫理は自室へ戻ると、ふらふらとベッドに倒れ込んだ。枕元の時計の示す時刻は、午後九時五十分だ。

入浴も夕食も、スケジュール上の時間は過ぎているものの、就寝時間である二十三時半まではまだ余裕がある。けれど、やる気が起きない。

――……無理だ。スケジュールなんて、守る気がしない……。

タクシーの中では運転手のおかげで気が紛れていたけれど、今は静かな部屋に一人きりだ。しんとした空間にいると染谷との会話が、接触が思い出されて、頭がいっぱいになっている。

――なんでキス、されたんだろう。

なにを言っても嫌われる、と絶望していたら、何故かキスされてしまった。その事実を反芻し、あまりの意味のわからなさと状況の飲み込めなさに倫理は静かにパニックを起こす。

唇の感触を振り払おうとしても、なかなか忘れられない。間歇的《かんけってき》に叫び出したい気持ちにかられる。

「うー……っ」

じっとしていられず、倫理はベッドの上をごろごろ転がった。

土日も、ふとした瞬間に染谷《そめや》とのやりとりを思い出してしまって、不意に叫び声をあげそうになる。そうかと思えば何分もぼうっとしてしまったりと、自分で自分のことがよくわからなくなる、という事態に陥った。

もし一日のスケジュールを決めていなかったら、なにもせずにベッドの上で過ごして身悶《みもだ》えていたかもしれない。

まる二日も経てばある程度気持ちも落ち着いてきたが、一方で倫理《みちのり》は気がついた。

結局なにもわかっていない、ということに。

染谷にキスされたことにすっかり気を取られてしまったが、染谷がどうしてキスをしたのかも、一番重要な横領のこと、染谷が関わっているかどうかについてすらもまったくわからないままだ。

やけに横領について調べようとすると邪魔されているような印象があったから、染谷を追いかけたはずだった。

首謀者《しゅぼうしゃ》でなくとも、なにか怪しげなことをしているのではないかと睨んでいたはずが、すっかり頭から吹っ飛んでしまっていた。

明確に質《ただ》したわけではなかったし、訊かれてもいないことを染谷が答えようもない。そう思う一方でもしかしてすべてを見通した上で有耶無耶にされたのでは、と疑念が湧いたのは月曜日の午前の業務を終える頃だった。

「――山田《やまだ》さん」

呼びかけられて、はっと顔を上げる。

対面の染谷が、にこやかに笑っていた。金曜の夜とは違って洒落《しゃれ》っ気《け》のない眼鏡をかけ、長めの前髪を上げた姿は、いつもどおりの彼である。

「もう昼休憩の時間になっていますよ」

そんな指摘を受けて時計を確認すると、確かに二十分も過ぎている。課長や佐藤《さとう》たちの姿もとうにない。

「ありがとう、ございます」

「いいえ」

そう言って染谷は鞄を持って腰をあげ、経理室を出ていった。ひとりきりの空間になり、倫理は溜息を吐く。

——……よく、わからない人だ。

今朝、金曜日以来に会う染谷と顔を合わせなければいけないと、倫理は激しく緊張していた。キスをしたのも倫理は生まれて初めてだし、どんな顔をして会えばいいのかわからなかったのだ。経理室のドアを開けるのに、一生分の勇気を使ったような心地さえした。

けれど、染谷は呆気ないほどに普段通りだったのだ。

——おはようございます。

染谷はいつものように、にっこりと言った。

ただその一言だけで、あとはパソコンのモニタを見ていて倫理を見ようともしなかった。

冷静に考えればわかるのだ。会社ですべき話ではないし、いつもと違った態度を取るわけにはいかない。社会人なのだから、優先すべきは仕事だ。

頭ではそうわかっているけれど、心が傷つくのは止められない。恋を自覚したばかりの心には、いとも簡単に罅《ひび》が入った。

初めてのキスだったから、自分は必要以上に相手を特別視しているのだ、と冷静に分析した。だから、より特別に彼を思ってしまったけれど、あちらにとっては大したことはなかったのかもしれない。

嫌がらせでキスなんてするわけがない。相手が自分を憎《にく》からず思っているからキスしたのだ——そう思うようにしても、状況を思い返すと自信もなくなってくる。

かといって、染谷本人にあれはどういう意図だったのかと訊くのも不可能だ。

……そもそも、本来は数字の違和感の正体を突き止めようとしただけだったんだっけ。

大町《おおまち》が犯人ではない、というのはそこから導き出した結論だった。信頼や同情心からというよりは、前提が間違っているのだと疑念を抱いたことがとっかかりだ。

屋上へは行かず自分のデスクで弁当の蓋《ふた》を開け、もう一度過去のデータに目を通す。

閲覧できる資料等が満足にないのだから、自分ができるのは経理として見られる範囲のものに目を通すことくらいしかない。おにぎりをもぐもぐと嚙み締めながら、大町の関わっているとされる取引のデータを睨み続ける。

——……ん？

しばらく眺めていた中で、なにかひっかかる箇所があって手を止める。データを注視し、やはり違和感を覚えた。

――これ、変じゃないか。

取引の一つに、異様に大きな数字がある。日付と相手先の名前も確認し、自分の見た覚えがないものだと確信を得た。

――この日は。

その日は確実に、すべての伝票の管理を倫理がしたと言い切れる。

カレンダーを確認し、やはり記憶に相違なかったと頷く。棚卸《たなおろし》の確認で課長と佐藤が出払っていたのだ。

鷹羽紡績《たかばぼうせき》では、決算前の棚卸の時期になると、経理課の数名が現地へ赴《おもむ》き確認作業を行う。その役目は長いこと課長が中心になって行っており、当時一番新参であった倫理はお供する機会は殆どなかった。今年は、やたら行動をともにしている染谷がついていくのかもしれない。

企業の合併《がっぺい》や買収の際も、倉庫や在庫状況の確認、及び決算等の業務の引き継ぎなどのために数日から一週間前後、相手方の会社に通うのだ。

――そういえば、数年前もそれで俺以外が殆ど出払ったときがあったっけ。

記憶を紐解《ひもと》きながらデータを遡《さかのぼ》る。

大町の取引記録は、営業部トップだけあって膨大だ。以前課長が言ったようにすべて倫理が受理しているわけではない、記憶違いもある、と言われれば否定するのは難しい。

けれど、確実に自分だけが処理しているタイミングであれば。

確かにひとつひとつを明確に覚えているわけではないが、そこに見慣れぬ企業や大きな取引などがあれば記憶に引っかかっているはずだ。

突破口が見えた。

そんな気がしてごくんと咀嚼していたおにぎりを飲み込み、パソコンに向かう。その前に、食べ終わった弁当のゴミを捨てようと、倫理は椅子ごと振り返った。

「――っ」

真後ろに、笑顔の課長がいる。いつの間にいたのか、気配がなかった。自分が若干後ろめたいことをしているせいか、心臓が激しく脈打つ。こちらの手元を覗き込むように身を屈めていて、倫理は思わず息を吞んだ。

課長はにこにこしながら、じいっとパソコンのモニタを見ている。こちらに気づいて、目を細めた。

「ああ、ごめんねびっくりさせちゃって」

いつもどおりの人の好さそうな笑みを浮かべる彼にほっとする。染谷ではなかったことに、ひとまず胸を撫で下ろした。

「いえ」

「お昼時なのに一生懸命仕事してるからどうしたのかなって」

染谷のことについて相談しようか――そう思ってやめた。

彼を疑わしく思っているのは自分だけだし、なにより以前大町が犯人であるという説を疑ったときに課長が調べてくれて一応納得した形になっている。蒸し返したら失礼かと思い、

「ちょっと、やり残してたことがあって」と誤魔化した。

後ろめたさから緊張感を覚えて、倫理は曖昧に笑う。

「もしかして、元営業部の大町くんのことまだ気にしてるの？」

けれど、課長は誤魔化したはずのことを言い当てる。

「あの……、ええと」

あまり嘘を言い慣れていない倫理は口ごもり、わかりやすく動揺してしまう。課長は小さく息を吐いた。

「まあ、彼は……感じの良い人だったからね。可哀想だとは、思うよ」

同情的な言葉に、なんと返せばいいのかわからなくなる。感じのいい人だったから信じているわけではなく、数字上やっぱり違和感があるのだ。だがそれも確信を持って出せるデータがないので、口にするのは控える。

「僕がまた調べておいてあげるよ。資料は持っていかれちゃってるけど、できる限りの範囲で調べなおしておくから」

「あ、ありがとうございます……」

気分を害したわけではなさそうな課長の申し出に、ほっと息を吐く。初めから素直に喋っていればよかったと少々後悔した。

「それとも、なにか彼が犯人じゃないっていう確証があるの?」

「……いえ」

確証、というほどのものではない。頭を振ると、課長はそっかと笑った。

「僕も検証するから、気になったところがあったらすぐに教えてね」

はい、と頷く直前、不意にドアが開く。視線を向けると染谷が立っていた。

染谷はおや、という顔をする。課長に向かって会釈をし、そして倫理に視線を投げた。課長は倫理から離れ、席へと戻る。

「山田さん、結局お昼ここで食べたんですか?」

話しかけられた、ただそれだけでどきりとする。つい形のいい唇に目が行ってしまい、慌てて視線を落とした。

「調べ物をしてて……」

「調べ物?」

「それより、早いお戻りですね」

強引に話を逸らした倫理に、染谷が微笑む。

「早くはないですよ。昼休み、あと十分ですし」

指摘されて時計を確認すると、確かに彼の言う通りだった。集中しすぎて時間の経過に気づかなかった。

――なににせよ、日中やることじゃなかった。

自分の思い過ごしという可能性もあることだが、染谷のいるところで調べ回るのはリスクが高い気がする。

とにかく業務に集中し、横領のことを考えるのは後回しにしなければ、と思いながら中途半端に残っていた弁当を慌ててかき込んだ。

課長に仔細《しさい》を相談すべきかとは思ったが、業務以外のことで手を煩《わずら》わせるのはやはり気が引ける。証拠が出揃ったら報告をすることにして、結局倫理はその後も一人で調べ物を続けていた。

週末、残業するふりをして居残りをしながら、倫理は対面に座る染谷をちらりとうかがう。

――なんでいっつも残業してるんだろう。……早く、帰ってくれないかな。

一体なにをすることがあるのか、今日も染谷は残業している。

けれど他の者にとっては当然、倫理が残っているほうが意外なようで、他部署の社員が来る度《たび》に「珍しく山田さんがいる」と言われてしまった。

「優しい染谷さん」に頼めなくて残念ですねと思いながら社員とやりとりしたりしていたが、染谷が帰宅する気配はまだない。

もう定時は過ぎた。課長は午後から席を外しているし、佐藤と渡辺《わたなべ》は定時で帰っていった。部署を訪う社員もおらず、廊下を歩く気配もなくなり、完全に二人だけだ。

――気まずい。

調べ物をしたいことも勿論あるが、なにより再び染谷と二人きりの空間ができてしまって、倫理の心が不安定に揺れる。

――……でも、ある程度のものは、揃った。

この数日、休憩時間を使ったり自分らしからぬ残業を続けたりして、倫理はこつこつと資料を揃えていた。課長や佐藤、渡辺の勤怠データや、出張の記録などを揃えて、自分以外が処理するはずのない日のデータを虱潰《しらみつぶ》しに探していく。本当は営業部で契約書で契約内容や契約日を見られれば話は早いのだが倫理には確認できないし、恐らくそちらは外部調査などで没収されているはずだ。

――やっぱり、大町さんじゃない。

倫理の出した結論はやはりそれだ。同時に、データが改竄されていることも確信する。

倫理が請け負っていないものだったとして、大きな金が動けば経理部の印象に残るものだ。だが、誰も認知していない異様に大きな取引が目につく。

――それに、処理している順番も変だ。

大町が感じの良い営業部員だと受け止められているのは、彼がトップの成績だからではない。必ず期日と時間を守ることだ。締日の処理ともなれば、彼の取引の処理番号がその日の終わり、あるいは翌日の頭に来ることはない。

だが、調べてみると大町の社員コードでの取引が当日の最終に回っているものがいくつかあった。

――これは、絶対に変だ。

他の社員がうっかり処理を後回しにしてしまった、という可能性もゼロではない。いつも定時で上がるから知らないだけだろうと一蹴されるかもしれない。だが、倫理しか処理をしていない日にもそういった記録があるのだ。

よし、と倫理はデスクの下でこっそり拳を握る。

――明日には、課長に報告したい。

今日はもう課長は帰ってしまっている。だが明日の朝一番には。そう思いながら、ちらりと対面の染谷を見た。

彼が、もしかしたらこの件に関わっているかもしれない。倫理が調べてわかることは「大町の無実の可能性」であり「犯人」ではない。だから、染谷が犯人かどうかというのは疑念にとどまるのみだ。

だがもし彼が犯人だとしたら、倫理の追及によっていなくなってしまうかもしれない。

犯人が糾弾されるのは当然のこと――そう思うのに、気まずさや激しい緊張とともにそわそわと落ち着かない後悔にも似た気持ちが混ざるのは、倫理が彼に対して憎からず思っているのを自覚してしまったからだと思う。

――悪者とかを好きになっちゃう人の気持ちなんて、到底理解できないと思ってたけど……。

悪い人でも好き、という気持ちを、今はほんの少しだけ、理解してしまえる。

悪いことなんてするはずがない、という気持ちもあるし、悪いことをしているのなら償ってほしいとも思う。

――染谷さん。

本当は、どうなんですか。俺の勘違いですか。あなたはこの件に、なにも関わっていないですか。

問えるはずもない質問を胸の内で呟いたら、不意に対面の染谷が立ち上がった。

「え……っ」

胸中で発したつもりだったが、無意識に口に出してしまっていただろうか。

一人でどぎまぎしていたら、彼は鞄を持ってドアの方向ではなくなぜかこちらに向かってくる。そして、倫理の腕を摑んで強引に立たせた。

「え……っ？」

怒ったような、切羽詰まった染谷の表情に息を吞む。

まさか、やっぱり染谷はこの横領事件に関わっていたのだろうか。こそこそと倫理が調べていたことが、ばれてしまったのか。

自分は一体どうなるのだろう。悲鳴もあげられないほどの恐怖に固まっていると、染谷は倫理のパソコンのモニタをさっと消した。

「すみません、ちょっとお付き合いいただけますか」

返答を待たずに、染谷は倫理の鞄を手に取った。

「忘れ物はないですね?」

倫理はいつもすぐ帰れるように昼休みには支度《したく》を済ませているので、鞄の中にはすべて必要なものは入っている。

痕跡を残していないことを確認された自分は一体どこに連れて行かれて、なにをされてしまうのだろう。頷く間もなく、染谷は驚くほど強い力で倫理の腕を引き、経理部を退出した。まだ退勤処理もしていなかったのに、と思ったがそんなことを言える雰囲気ではない。

——なんで、どうして⁉

離してと訴《うった》えたいはずなのに声が出なかった。

口封じ、という言葉が脳裏を過り、戦慄《せんりつ》する。待ってと拒むこともできず、腕を引かれるまま走った。

建物の外に出て、人の通行があまりない歩道に出たところで、倫理はへたりこむ。腕を振りほどく形になり、染谷が足を止め、こちらを向いた。

ひ、と息を呑んで後ずさる。

つかつかと歩み寄ってきた染谷は、やにわに倫理の口を塞いだ。

「――！」

悲鳴をあげようとした倫理に「しっ」と黙るようにジェスチャーする。

がたがた震えていた倫理は、彼がこちらではなく社屋のほうを見ていることに気づいた。つられるように、倫理もいま出てきたばかりの会社を振り返る。

――あれ？

引きずられるようにしてオフィスを出るとき、染谷が電気を消したはずの経理室のあかりがついている。

窓の付近に人影が見えたような気がした。逆光で見えないその人物は、一度窓の外を見て、それからフロアに戻っていく。

警備員が見回りに来たのか、それとも誰かが伝票を持ってやってきたのか――浮かんだそんな考えはすぐに消える。

倫理はゆっくりと、染谷を見た。

「どういうことなんですか？」

この一連の流れは、まるであの場所から——オフィスの電気をつけた人物と鉢合わせしないように倫理を連れ出したような状況に思える。

目の前の男は、一体なにを知っていて、なにをしているのだろうか。

倫理が今置かれているこの状況は、安全なのか、危険なのか。

「すみません説明もなしに。とにかく、あの場から退出するのが得策かと思いまして」

言いながら、染谷は倫理に鞄を返してくれた。それから、ハンカチを取り出して倫理の頬にあてた。

そうされて、自分が恐怖と安堵で泣いていたことを知る。

「ちょっと強引な手段に出たことは謝ります。……とりあえず、駅まで歩きませんか」

染谷は半ば腰の抜けかけた倫理の腕を引いて立たせた。

歩き出した染谷のあとについていきながら、倫理は「染谷さん」と呼びかける。

「……なんなんですか、一体」

今のわけのわからない時間のことばかりではない。

染谷翼《つばさ》という人は、何者なのか。

染谷は前を向いたまま「連絡があったんです」と答える。

「今すぐ、あの場からあなたを連れて離れろと」

「誰からですか。何故、なんのために、誰がそんなことを言うんです」

間髪を容《い》れずに問いを重ねれば、今度は黙り込んでしまった。

「少し時間をもらえませんか」

「時間を、ってどういう意味ですか。具体的に、俺になにを望んでいるんですか」

行間を読むのはあまり得意ではない。して欲しいことがあるなら、して欲しくないことがあるなら、明確に言ってもらわないとわからない。

はっきりとそう告げたわけではなかったが、染谷は具体的に要望を言い直した。

「なにもしないで、静観していてほしいんです」

「……なんであなたがそんなことを言うんですか。俺がなにをしていたって言うんですか」

当然の疑問を口にする。

染谷はちらりと倫理に視線を向けた。

「調べていたでしょう、大町さんに関連する……横領の件について」

言い当てられて、ぎくりとする。

「調べるって、俺が一体なにを。……資料は全て没収されているじゃないですか」

自分が追及する立場なはずなのに、何故犯人のように言い訳をしているのだろうと困惑しながらも、誤魔化す。だが染谷は「調べられる範囲で、矛盾の突き合わせをしていたでしょう?」

と言い当てた。

「なに、を」

「手元にある大町さんの取引のデータと経理部員の勤怠データを突き合わせて、確実に山田さんが処理をしたデータを洗い出したり、受注額と外注費とを比較したり、同じ取引先の過去の金額と比較したり……できる範囲で色々なことをしてましたね」

「……！」

このところ、倫理がひとりで行っていた作業を言い当てて、染谷が小さく息を吐く。

何故、誰も知らないはずのことを知っているのか。

無意識に後ずされば、染谷はショックを受けているような、気まずいような、なんとも言い難い表情になった。

「……他にも、色々と説明させて欲しいこともあるので、また改めて、お時間をいただければと」

とにかく、今この場では説明できない事情があるのだろう。染谷は口を噤んだ。

「色々……キスしたこととか、も？」

ぽろりとこぼれた本音に、染谷が目を瞠る。

きっと彼以上にびっくりしたのは自分のほうで、鞄を取り落としてしまった。こんなタイミングで、あまりに空気が読めていないことを口にしてしまった。

慌ててしゃがみ込み鞄の取っ手に触れると、その上に染谷の手が重なった。同様にしゃがんでいた染谷の顔がすぐ近くにある。

手が触れていることも、あんな質問をしてしまったことも死ぬほど恥ずかしくて、倫理は唇を噛んだ。

どうせ、時間をくれといってしれっと流されるのだろう。そう考えると情けないことに薄《うっす》ら涙が滲んだ。

「――」

けれどそんな予想とは裏腹に、染谷はその美貌《びぼう》にはっきりと動揺を浮かべている。驚いて見返すと、はっとしたように口元を押さえ、小さく息を吐いた。

「そのことについては、その、説明……言い訳をさせてください。あの、あとで申し訳ないのですが」

「言い訳が、あるんですか?」

問いかけは、倫理が自分で思っていたよりも不安げに揺れた。染谷は益々《ますます》慌てた風に「いえ」とか「その」と口にする。先程まであんなに恐ろしく――もしかしたらこのまま殺されるのではと思っていたのに、強張っていた心が少しだけほぐれた。

覚えず頬を緩めると、染谷が仕切り直すように小さく咳払いをし、鞄と倫理の手を摑んで立ち上がる。

「……とにかく、あと少しだけです。来週まで、時間をください」

わかりました、と頷くと、染谷はほっと胸を撫で下ろしたようだった。

週が明けて、今日が約束の日だと緊張していた倫理《みちのり》は、朝から騒がしい社内に瞠目した。

数ヵ月前に話題になっていた――そして倫理が疑念を抱いていた「横領事件」について、なんと「真犯人が現れた」というのだ。

実は、もう一方で別の問題が生じていた。その問題は経理部とは直接関わるところではないのだが、営業部に産業スパイが紛れ込んでいたというのだ。社外的にはこちらのほうが注目され、全国的なニュースとなった。犯人ももう既にわかっており、営業部にいた事務の女性だったという。名前も顔も勿論知っている社員だったので、倫理は愕然《がくぜん》とした。

社内は、突如露見《とつじょろけん》したこのふたつの不祥事《ふしょうじ》でもちきりだ。

経理部には課長の姿がなく、代わりに部長が倫理たちの到着を待っていた。

「あの、課長は」

全員揃った段階で真っ先にその質問を投げたのは渡辺《わたなべ》だった。

部長は苦々しい顔をして、「上に連れて行かれている」と口を開く。

経理部長の説明によれば、営業部長や経理課長、その他部署の上長を含む数人こそが、長年横領し続けていた犯人だったというのだ。噂話ではそのあたりのことは詳しくわかっていなかったが、やがて過去の件や仔細も含めて明るみに出るだろう。

彼らは全員で示し合わせ、数年分の横領のデータを改竄し、その罪《つみ》をすべて営業部員である大町《おおまち》に着せていたということだ。

「なんで大町さんに？」

当然湧いた疑問を口にしたのは佐藤《さとう》だ。営業部長は大きく嘆息する。

「……大町さんは、横領や産業スパイの件に薄々気づいていたとかで、逆に陥れられたそうよ。両者の話を聞いてみないことには、ちょっと詳しい話まではわからないんだけど」

とにかく、不正を疑うような行動を単独で取ったがために、逆に汚名を着せられたのだということだった。

――……もしかしたら、俺も同じ目に遭ってた？

己の行動を顧みると、いずれはそうなったのかと思って真っ青になる。現に、先週の金曜日に課長にデータ改竄の証拠となるものを見せようとしていた。

大町は、営業部から弾《はじ》かれたあとは社史編纂室へ移っていた。その後も大町の陰口は他部署かつ、あまり他者と交流のない倫理でさえも何度も聞いた。本人はもっと無実の罪で責められていたに違いない。

倫理なら、きっと耐えられなかった。

振り返ってみれば、経理課長はやけに倫理の動向を気にしていた。ただ親切で、嫌疑をかけられた社員のために気にかけてくれていたのだと思っていたけれど、そうではなかったのだ。

以前、大町の話をしたときに課長は「感じの良い人だったからね。可哀想だとは思うよ」と言っていた。あのときは単に、大町に対する同情心かと思っていたが、自分が陥れた相手に対する後ろめたさの表れだったのだろう。

「また少し騒がしくなるかもしれないけれど、頑張りましょう」

力強くそう言った経理部長に、全員で「はい」と応える。けれどいつもより覇気《はき》がない彼女は、足早に経理室を去っていった。

「……やっぱり、部長も責任取らないといけないんですかね」

「降格とかはないだろうけど、減俸《げんぽう》くらいはあるかもしれないね。……でも無理だよね、気づくのなんて」

支払依頼について、請求書も記載内容も形式が整っている状態で、経理部員が疑う余地はほぼない。毎日のように運ばれてくる書類を見て、ただちに異変を察知し、事実確認をするのは実質不可能だ。まして、管理者たる上長が改竄までするのだ。

渡辺と佐藤がそんな話をしながら席に着く。

倫理は染谷のほうを見た。視線が合ってしまい、慌てて目を逸らしてしまう。

――……週明けには説明してくれるって言ってたけど……。

つまり、彼はこの件についてなにかを知っていた、ということなのだろう。これが「説明」の代わりだろうか。

だがそれをオフィス内で訊くわけにはいかない。今はとにかく業務を片付けるのが先だと倫理も席に着く。

パソコンを立ち上げて数分後、モニタにメッセンジャーアプリのポップアップが表示された。メッセージの差出人は、向かい側の席に座る染谷《そめや》だ。

『明日の終業後、少しお時間取ってもらっていいですか？』

そんな短い一文が送られてくる。そういえば、互いの連絡先を知らないということに今更気がついた。

倫理はちらりと対面を見て、それから『はい』とより短い言葉を返した。


翌日の終業後、呼び出されたのは「社史編纂室」だった。馴染みのない部署のオフィスにも戸惑ったが、なによりも何故染谷がその場所を選んだのかもわからない。そこは、今回濡れ衣を着せられた最大の被害者である大町の異動先だ。

染谷と連れ立って中へ入る。社史編纂室の面々はもう帰宅しているのか、誰も残っていなかった。

「あの……」

二人きりで、しんと静まり返った部屋の空気に耐えかねて、倫理は口を開く。

染谷がこちらを振り返った。

「まず、俺が何者なのかを話しますね」

いつもと一人称が違う。それは彼が素性を晒してくれていることの表れなのかもしれない。

「……はい」

こくりと息を呑み、頷く。

「俺は今回の横領、及び産業スパイの件で社内に入った調査会社の者です」

「……えっ？」

予想もしていなかった言葉に、声がひっくり返ってしまった。

「え、でも……正社員で、もう一年ちょっと仕事を」

「ええ。でもそういうことなんです」

そういうことなんですってどういうことなんですか、と疑問がぐるぐると渦巻く。それって副業なのでは、副業は会社で禁止されているはずではと、現実逃避にも似た疑問を抱いてしまったが、その答えもすぐに返ってきた。

「そもそも、うちの調査会社に依頼をしたのが、上の人なんです」

そういって、染谷は天井《てんじょう》を指差す。この上階のオフィスの人ということではなく、言葉通り大分「上」のほうにいる立場の人物が彼を招いたということなのだろう。

「だから俺は、本当は鷹羽《たかば》の経理部員ではなく、今は社史編纂室の室長補佐という立場にいる人の部下なんです」

「え？　社史……？」

また予期せぬ情報が飛んできて、目を瞬いた。

文脈を考えると、社史編纂室の室長補佐もこの会社の者ではないということだろうか。困惑して立ち尽くしていると、ふと部屋の奥にあるデスクから、きい、という音がした。

「っわ！」

椅子がひとりでに動きだしたのかと声を上げて驚いたがそういうわけではなく、そこから一人の男が顔を出した。どうやらデスクチェアにずり落ちそうなほど深く腰をかけていたため、デスクトップパソコンと積み上げられたファイルの山に隠れて見えなかっただけのようだ。

ずっとオフィス内にいたらしい彼に、まったく気づかなかった。

目が合って、倫理は慌てて会釈する。

見覚えのある彼は以前屋上で会った、室長補佐の稲葉《いなば》だ。肘の辺りまで袖《そで》をまくったシャツのボタンを三つも開け、無精髭を生やしている。先程まで寝ていたのだろうかと思うくらい、よれた姿だ。

「この人とは、以前会ったでしょう」

「あ、はい屋上で……」

「いや、その後も」

その後？　と首を傾げる。

「あなたが尾行してきた日の夜に、会ったでしょう、バーで」

「バーで……？」

あのとき、染谷は「彼氏」と呼ばれた男と会っていた。それ以外に誰かいただろうかと思案していたら、稲葉が席を立って近づいてくる。

猫背だが上背があるせいか少々迫力があってつい体を引くと、彼は眼鏡の奥の目を細めてにいっと笑った。

「――失礼」

体に響くような低音に、身を竦ませる。

「『……唐突に声をかけてすまない。萎縮させるつもりはなかったんだが』」

発せられた聞き覚えのある科白に、倫理は目を瞬いた。顔を上げて、目の前にある顔をじいっと覗き込む。

だがすぐに、染谷が割って入って引き離されてしまった。

「……稲葉さん」

「悪い悪い」

くっと喉を鳴らして笑う稲葉を染谷が睨みつける。

「でも先にやったのはお前だろ？」

「あれはしょうがないでしょう⁉」

一体なんの話なのか、取り残された倫理は困惑しつつ二人を見比べる。小さく息を吐き、染谷は倫理のほうを見やった。

「……あのとき、あなたがバーで見たのはこの人です」

「……えっ⁉」

まさかとは思ったが、実際に肯定されると驚きはより大きくなる。

「全然違う！」

倫理のリアクションに稲葉は愉快そうに笑い、ふんぞり返るように深く椅子に腰を下ろした。

バーで染谷と話し、倫理に声をかけてきた相手は、上質そうなスーツに身を包んだ、いかにも仕事のできそうな、身なりのいい男だった。

だが、眼前にいる男はその面影《おもかげ》が残っていない。

どちらが彼の「本体」なのかはわからないが、見事な化けっぷりだ。女性と違って男性は変装したところで変化率に乏《とぼ》しいものだと思っていた。

稲葉はオフィスチェアでくるっと回って笑いながら「こいつだってだいぶ違っただろ」と言う。

「だいぶ違うって……?」

「あの日、こいつも変装してただろ」

私服に着替えていたな、とは思うが「変装」というのは大げさ過ぎる。稲葉のように見分けがつかなくなるほどでもなかった。

いつもは上げている髪を下ろし、眼鏡を外しただけだったはずだ。

「でも、すぐわかりましたよ。染谷さんって」

正直に言うと、染谷はなぜか片手で顔を押さえて俯き、稲葉は声を上げて笑った。

「へーえ。俺はわからんけど、染谷はわかったのか」

変装技術を馬鹿にしたつもりはなかったが、そう取られたのかと思って謝ると、「……そういうことじゃありません」という言葉が返ってきた。

確かにすごく雰囲気は変わっていたし、スーツ姿に見慣れていたせいか私服は新鮮に感じた。けれど、それは恋人に会うためにオシャレをしたからだろうと思っていたのだ。あのとき胸の奥に渦巻いていた嫉妬心まで蘇ってきて苦笑する。

「まあ、それはさておき。そういうわけで、この人が俺の『彼氏』だというのは誤解です。あの日は、今回の件で調査に関わることを話していただけです」

そうなのか、と納得しかけ、思い直す。

「……でも、バーの店員さんが、『彼氏』って言ってましたよ」

「だから違うって言ったろ、俺がそのとき。勘弁してくれって」

すぐに稲葉からの否定が返る。

その科白は、「彼氏」を否定したのではなく「倫理ごときをナンパしたなんて勘違いするな」という意味に捉《とら》えていた。そう返すと、稲葉と染谷はぽかんとする。

「なんでそんな曲解できるんだ、君」

「だって、俺が恋人……染谷さんをじっと見てたから、怒ったのかなって思ってて……。その上、俺なんかをナンパしただなんて言われて不本意だったのかと」

中高生の頃、見てもいない相手から「なに見てんだてめえ」と因縁《いんねん》を付けられることがあったので、その名残のようなものかもしれない。まして、あのとき自分はじっと染谷を見ていた。

稲葉は苦笑し、何故か傍らの染谷の肩をぽんと叩いた。

「──まあ、その件はさておき」

稲葉が話題を転換し、今までの染谷の行動についての説明をしてくれる。

つまり、染谷は鷹羽紡績の上層部の指示を受けて経理に入り込み、調査をするのと同時にひそかに容疑をかけていた課長を監視していたのだ。驚いたことに、横領の「外部調査」にも関わっていたそうだ。

「──つまり、君を妨害《ぼうがい》していたように感じていたかもしれないが、あれは経理課長の目が君に向かないようにしていたっていうことだ」

「……大町さんみたいに、はめられる可能性があったから、ということですよね」

倫理の言葉に、稲葉は右目を眇めて苦笑する。

「そういうほうはちゃんと察せられるんだな。まあ、そういうことだ。事が起こってからでは、探っても証拠は出てこなくなるし、ただ君に対する危険が高まるだけだから、染谷が動いていた」

それなのに、染谷が怪しいと思ってちょろちょろと動き回ってしまった。下手くそな尾行まで
して、しかもすぐに気づかれていて。

羞恥《しゅうち》で消えてしまいたくなる。

「ありましたよ。証拠……というほどではないですが」

「ああ、それは見せてもらった。よくあの状況で集められたな。悔しいが、この会社の経理は優秀だ」

見せた覚えのないものを「見せてもらった」という稲葉に、ぽりぽりと頬を掻く。染谷のときも思ったが、何故秘密裏にひとりで進めていたのに知っているのだろうか。聞いたら教えてくれるだろうか。

「……でも、結局課長に喋ってしまったこともあって、改竄されてしまったものもありました」

当初、大町が犯人ではない気がすると言ったら、課長が調べてくれると言っていた。

結局なにもおかしなことはない、という答えがあっただけだったが、あれは倫理の指摘を受

けて課長がデータを慌てて書き換えたのだそうだ。

「——だが、そのお陰で『課長が意図的にデータを改竄した』っていう新しい証拠を得ることができた。君の着眼には感心するし、感謝している。ありがとう」

余計なことばかりしていたという事実に落胆していたが、ほんの少しだけ自分が役に立っていたのだと知ってホッとした。

「まあ、そういうことだ。色々大変だったろうし、これからもまた大変になるだろうけど、頑張ってくれ」

そんな風に雑に会話を締めくくって、稲葉が立ち上がる。倫理と染谷がお疲れ様でしたと頭を下げると、稲葉はにやっと笑って手を振り、社史編纂室を出ていった。

ふたりきりになり、オフィスがしんと静まりかえる。数秒の無言の時間のあと、口火を切ったのは染谷のほうだった。

「……そういうことでした。じゃあ、帰りましょうか」

くるりと踵を返した染谷のシャツを、反射的に摑んでしまった。染谷がぴたりと足を止める。

「……まだ、全部聞いてません」

そういうことで、とすべて話した稲葉が締めくくるのはいいが、なにも話していない染谷が切り上げるのは頂けない。

なぜなら染谷は数日前、あとで言い訳をさせてください、と言っていた。

「……どうして俺に、キスしたんですか」

震える声で勇気を振《ふ》り絞《しぼ》って問いかける。染谷は再び無言になる。

なにか言って欲しい。けれど催促《さいそく》できずに唇を噛んでいたら、染谷が口を開いた。

「言ってもいいんですか」

問いに問いで返されて、困惑する。はっきり訊いたのに、どうしてそういうことを言うのだろう。はぐらかされているのか。

染谷が振り返り、倫理の頬に触れる。熱い掌に肌を撫でられて、首の後ろがちりっとした。

「言ってもいいのかって、なんでそんな質問……」

「──あなたが好きだからだと、言ってもいいんですか」

泣きそうになりながら投げかけようとした問いを、染谷は遮るように言った。

思いもかけぬ言葉に、ぽかんと口を開けてしまう。染谷の腕が、まるで逃さないとでもいうように倫理の腰を抱いた。

「そ……そんな訊き方、ずるい、です。質問に答えていないじゃないですか」

「キスをしたのは、俺を追いかけてきたあなたのことが好きだからです」

今度ははっきりと好きだからだと言われ、顔が一瞬で熱くなった。無意識に体が逃げたが、既に腰を抱かれているせいで離れることもできない。

「好き、ってなんで、俺のこと、いつ」

「最初から好ましいと思ってましたよ。面白いなって」

面白い、という言葉に複雑な気持ちになる。そういえば彼は、面倒くさいとか気持ち悪いとすら言われることのある「スケジュールを立てて行動すること」を肯定的に捉えてくれていた。

「俺の周囲は職業上しょうがないのですが、敵も味方も嘘つきばかりで」

恐らく味方の中での最たる嘘つきが、先程の稲葉なのだろう。倫理もすっかり騙《だま》された。

「……そんな中で、すごく正直で素直な人だなって気になったのが、最初です」

くす、と染谷が笑う。

きっと、倫理が染谷に対していらいらしていたことも察しているのだろう。精神的な幼稚さに恥ずかしくなるのに、それを好ましいと言われて混乱した。

「俺、本当にそういうところが子供っぽくて」

「そうかもしれませんね。でも、そういう清廉《せいれん》さみたいなのが眩《まぶ》しかったというか……触れたくなってしまって」

そう言って、染谷は不意に倫理の唇に指で触れた。その感触に、桜の下でのことが思い出される。

「触れたのは、衝動的でした。これで警戒されるかも、とすぐ後悔したけれど、山田《やまだ》さんはなにも感じていないのか、ぽかんとしてて」

つい、と指が唇を撫でる。擽ったさが全身に走った気がして、倫理は小さく身を竦ませた。

「あのとき、俺はこの人に……山田さんに意識されたいんだなってはっきり自覚しました」

声はちゃんと耳に届いているのに、頭に入ってこない。ただ、彼の言葉が胸の奥に浮かぶようにとどまっていて、体がふわふわするような感覚があった。

「山田さんこそ」

染谷の指は、まだ倫理の唇に触れていた。

「どうして、逃げなかったんですか」

言いながら、染谷の顔が近づいてくる。あのときと同じ状況で、やっぱり体は動かない。

「よく、わからなくて」

どうにかそれだけを絞り出すと、「わからない？」と疑問が返ってくる。

わからなかった。なにをされようとしているかも――逃げ出さなかったその理由も。

倫理のほうこそ、とっくに染谷のことを意識して気になっていた。そんなことすらも、あのときは自覚できていなかった。

「俺のことどう思っているか、わからないですか？　今も？」

揶揄う声音に、息が詰まる。ちゃんと喋りたいのに息が苦しくて、うまく声が出ない。けれど懸命に口を開いた。

「……わかってる、くせに」

震える声で言えば、染谷は瞠目した。

なんでも見通しているようなことを言うくせに、どうしてそんな意地悪をするのだろう。聞かなくたって、倫理自身よりもわかっていそうなくせに。

狡《ずる》い、と憎まれ口を叩こうとした唇に、染谷の唇が重なった。

「ん……っ」

開きかけていた口の中に、すぐに舌が入り込んできた。

戸惑って固まっていたら更にキスが深まる。手に持っていた鞄を、床に落としてしまった。

口の中を、舌を舐められて、初めての体験に戸惑って身を震わせた。

以前の、触れるだけのものとは違う。涙目になって抵抗しようとしたが、いともたやすく押さえつけられる。

「っ、んん……」

困惑して、恥ずかしくて止めて欲しいのに、舌と舌が触れ合う度に、口蓋《こうがい》を舐められる度に、変な声が出る。

息もできずに震えていたら、ようやく唇を解放された。

染谷の腕に抱かれ、一気に吸い込んだ酸素に喘ぎながら彼の胸元に顔を埋める。シャツ越しに感じる心臓の鼓動が、すごく早かった。

そっと顔を上げると、視線がぶつかる。眼鏡の奥の形のいい瞳が、すっと細められた。いつもどおり綺麗で、好ましく感じる一方で、ぞくっと背筋が震える。

それがなにかもわからないまま、倫理は縋るように染谷のシャツを摑んだ。

「あ、の」

舌を舐められたり吸われたりした後遺症か、それとも緊張からか、縺《もつ》れる。

「……こんなところで、駄目です」

夢中で気づかなかったが、ここは会社だ。普段自分のいるオフィスではないけれど、やはりこういうことを会社でするのはよくないのではないか。

そういう意味を込めて伝えた言葉に、染谷は何故か固まった。

「それもそうですね」

では移動しましょう、と染谷は倫理の手首を摑み、先程落とした鞄を拾い上げ、社史編纂室を足早に後にした。


「……っだめ、です……そんなところ……」

「うん、でもこうしないと怪我するから」

丁寧語の抜けた言葉で言われ、震えながら頷いた。

なんでこんなことになっているのか、と倫理《みちのり》はベッドの上で腰を上げて俯《うつぶ》せになりながら惑乱する。

あのあと連れて行かれたのは、先日下手くそな尾行の際に見たマンションではなかった。電車に乗って移動し、十五分ほどで到着した単身者用のマンションは、あまりものがなく、シンプルでオシャレな部屋だ。倫理の部屋よりもだいぶ家賃が高そうで、広い。

腕を引かれていたとはいえのこのこと付いてきてしまい、その一室にあったベッドに、押し倒された。

流石の倫理も彼の意図はわかり、まだ告白しあったばかりで戸惑いが強かったが、「お風呂は入らないんですか」と疑問を口にしたらバスルームに連れて行かれて全身、今まで誰にも触られたことのない場所に至るまでを染谷《そめや》に洗われてしまった。

――もうお風呂以上に恥ずかしいことはないって、思ってたのに……！

指が二本、三本と増えていき、抜き差しする度にいやらしい音がする。こんな風になるなんて思わなくて、唇を噛んで声を殺した。それをどう取ったのか、大丈夫だよと囁かれる。

「怪我させないように、優しくするから」

いつもどおり優しい声だが、熱っぽくてどきどきする。

最初は一本入れるのがやっとだったそこは、ジェルを足しながら時間をかけて解された。広げるような指の動きに息を吞む。

「ほら。山田《やまだ》さんが協力してくれたから、ちゃんと入ってる」

「っ、言わない、で……ください……っ」

恥ずかしさのあまり涙ぐむと、ごめんねと言いながらキスされた。

「痛くない？」

痛くはない。それどころか、最初は苦しいだけだったが何度も中を弄られているうちに、広げられた箇所が痺《しび》れはじめてきたことに気づいていた。指を入れられ、中を擦られると、時折無意識に腰がはねる。

「……っ、」

恥ずかしくて、息もできない。必死に堪えていたら、ふと唇に触れられた。

「息、ちゃんとしてる？　苦しかったら声を出して」

「むり、です……っ」

苦しいだけならまだしも、自分でもよくわからない声を上げてしまうのは嫌だった。弱々しく頭を振ると、ふと指を引き抜かれる。そして体を仰向《あおむ》けに返された。

「ん……っ」

重なってきた唇が、優しく、強引に倫理の口を開かせる。

「んっ、……んん……っ」

口の中を舐められながら、再び染谷の指が中に入れられた。腰がはねてしまうところを強く押される。

「んぅ……！」

堪えきれずに声が漏れ、恥ずかしさのあまり染谷の肩を叩いてしまった。だが叩いたつもりになっていただけで実際は弱々しく触れていただけだ。

「……ん、っ！」

おもむろに指を引き抜かれ、大きな声を上げてしまう。唇を解放され、涙目になって見上げた染谷は笑っていた。

染谷が身を離し、まだ着ていた衣服を脱ぎ捨てる。細身だと思っていたシャツの下の体は、倫理のただ薄っぺらいだけのものとは違い、しっかりと筋肉が付いていた。

思わず見とれていたら、いつの間にか脚を大きく開かされ、再度組み敷かれていた。

「染谷さ……」

唇を塞《ふさ》がれ、舌を吸われる。夢中でそのキスに応えていると、広げられた箇所に熱いものが押し当てられた。

「んん……っ！」

指とは比べ物にならない質量のものが、中に押し入ってくる。

無理、入らない、と抵抗したいが、ゆっくりと確実に収められていくのがわかる。

——嘘、入ってくる……！

初めての体験に、倫理は困惑する。

戸惑いは大きいけれど、染谷に触れられ、抱かれているのが嬉しいという気持ちが誤魔化しようもなく湧いてきた。

「……大丈夫？」

どれほどの時間が経ったのか、いつの間にかキスは解けていた。

見下ろす染谷に額を撫でられ、前髪を掻き上げられる。顕《あらわ》になった額に、優しいキスが落ちてきた。

「平気、です」

そう言いながら視線を落とすと、自分と染谷の体が隙間なく合わさっているのがわかって、体中が熱くなった。

妙なところに力が入ってしまったらしく、染谷が小さく息を詰める。

「どうしたの」

「……だって、染谷さんのが……入って」

素直に口にしてしまってから、その恥ずかしさに気づいて慌てて顔を覆《おお》う。下腹の圧迫感が増した気がして、あぅ、と息を漏らしてしまった。

ふう、と溜息が落ちてくる。

「あのさ、優しくしたいんだから……」

そう呟いて、染谷はすっかり柔らかくなってしまった倫理の性器に手を添えた。不意打ちに、びくっと体が飛び上がる。染谷がまた息を呑んだ。

「うそ、なんでそこ……！」

「なんでって、触らせてよ」

バスルームでは優しく洗われたが、前戯では触れてこなかったので、そういうものなのだと思っていた。今更触れられるとは思わなくて、困惑して足をばたつかせてしまう。

「大丈夫、痛くしないから」

そんな心配をしているわけじゃない、と言いたいが、初めて他人の手で愛撫をされて、自慰とは違う感覚に身悶える。

「だ、だめ、駄目です」

「嫌？　そうは見えないけど」

意地悪なことを言って笑い、証明するように染谷の手が倫理のものを扱き上げた。

「あんまり駄目駄目っていわれると、いけないことしてる気分になる」

「……っ」

それはこちらの科白だ。

十人並みの自分と比べ、染谷の顔は本当に美しい。そんな彼に己の醜態《しゅうたい》や痴態を見せると、まさにいけないことをしているような気がして居た堪れない。

染谷の綺麗な手にあんなものを触らせているのかと思うと、申し訳なさに襲われるのに、体は何故か火照ってしまう。中に入ったままの染谷のものをぎゅっと締め付けてしまっているのもわかって、染谷の肩を押し返した。

「嫌じゃないです。でも、だめ、あっ」

「どうして？」

「……染谷さんに触られたら、気持ちいい、――んっ！」

唇をキスで塞がれ、ほんの少しだけ乱暴に擦られる。

荒い愛撫に、恥ずかしくて恥ずかしくて嫌なのに、体は信じられないほど敏感に反応した。脚を閉じて拒《こば》もうとするが、より大きく開かされて益々羞恥を煽られる。

「……んん……っ」

数十秒と経たないうちに、倫理は達してしまった。自分の精液で染谷の指を汚してしまったことに呆然とする。

ぐったりとシーツに身を投げ出していると、腰を抱き直された。

「だめ、もぅ、……――あっ！」

前を弄られながら腰を軽く突き上げられて、無意識に高い声を上げてしまった。先程達した名残で、力のなくなった性器からほんの少し精液がとんだだけだ。

ふう、と染谷は息を吐き、倫理の脚を抱え直す。中のものが、先程までよりも少し大きくなっている気がした。

前髪を掻き上げる仕草がかっこよくて、快感でとろけたまま見惚れてしまう。

染谷は目を細め、まだかけっぱなしで曇っていた倫理の眼鏡をそっと外した。綺麗な染谷が、ぼやけてしまう。

「危ないから外しておこうか。……あとごめん、もう限界かも」

「え……、あっ? っあ!」

染谷は軽く腰を引き、浅い部分を擦ってくる。染谷は倫理自身でさえ今日知ったばかりの弱い部分を、重点的に責めてきた。

「あっ……あぁ……っ、ぅ」

自慰ですら満足にしてこなかった倫理は、与えられる強い快感に泣きながら喘ぐしかない。中から射精を促されるような感覚に、腰が自然と浮く。

「あっ、あっ、あっ、あっ、だめ」

上から肩を押さえつけられ、穿たれるままに倫理は声を上げる。何度もそうされているうちに、ふわっと体が浮くような感覚に襲われた。また達してしまうのだと察して、倫理は唇を噛む。

「っ、――――!」

浅い部分から、音が立つほど勢いよく奥まで一気に突き上げられた瞬間に、倫理は声もなく達していた。染谷もほぼ同時に息を詰める。

「ふ、っぅ……あぁ……」

中に熱いものがじわりと広がる感覚がする。言いようもない幸福感と、染谷に対するさらなる好意が腹の深いところから湧いてきて、倫理は縋《すが》るように腕を伸ばした。

染谷はにこりと笑って倫理の体を抱きしめ、唇にキスをしてくれる。触れ合った舌から甘い痺れが体中に広がった。

——気持ちいい。

心も体も蕩《とろ》かされるような心地に、倫理は瞼《まぶた》を閉じる。

口腔内《こうこうない》を愛撫される気持ちよさに身を任せていると、両腕で強く抱き竦められた。まだ嵌《は》めっぱなしだった腰を、染谷が揺すり始める。

先程は浅い部分を何度も擦るような感じだったが、今度は深い部分を突いてくる。時折かき混ぜるように動きながらぐっと押し上げられると、不安感にも似た快楽が滲《にじ》んできた。

「待っ、染谷さん……、奥、」

「さっきと違う?」

優しい声、けれどどこか余裕のない様子で問われ、倫理は必死に頷く。

身動きが取れないほど強く抱きしめられているのに、どこかに放り投げられてしまいそうな怖い気持ちが湧いてきた。

「奥だめ、駄目です、怖い……っ」

「痛い？」

捏ね回すような動きに、「だめ」と倫理は首を振る。

「こわい……そこ、だめ……っ」

拒む声が、自分でもわかるくらいに愉悦《ゆえつ》に歪んだ。そんな自分に戸惑って、半面ぎゅっと抱きしめられているのは嬉しくて、狼狽する。

「奥好き？」

意地悪な問いかけに、泣きながら頭を振る。好きじゃないの？　と染谷はおかしげに言った。

この先自分がどんな醜態を見せるのかわからないまま、どこに連れて行かれるのかと怖くなりながらも必死に染谷に縋った。

「あっ、あぁっ」

何度も突き上げられて、倫理は咄嗟に染谷の胸を押し返す。けれどすっかりホールドされてしまっていて、彼の腕の拘束からは容易には抜け出せそうにない。

必死に堪えていたはずの嬌声《きょうせい》は、突かれる度に唇から零れる。奥が好きなんでしょとまた訊かれたけれど、自分でもよくわからない。ただ、ついていくのに必死だ。

「あ……っ？」

ぶるっと体が震えて、無意識に閉じていた目を開く。近くにあった染谷の潤んだ目と視線がかち合って、涙が零れた。

「染谷さ、……う、なんか来る……っ」

体の奥にある熾火《おきび》が、燃え上がる。そんな感覚を察知して、倫理は縋った染谷の腕に爪を立てた。

「あっ、あ……もう……っ」

揺さぶられながら再び訪れた快楽の渦に身を投じようとしたそのタイミングで、染谷がぴたりと動きを止めた。

「っ、え……っ？」

唐突にお預けをくらい、混乱しながら染谷を見返すと、彼はにこりと笑ってその形のいい唇で倫理の耳殻《じかく》を食《は》んだ。

「あ……っ」

あとほんの少しで決壊しそうなほど極まった体に新たな刺激を与えられて全身が震える。けれどそれだけでは達するに至らない。

「いいの？」

なにを問われているかわからず、息を乱して泣きながら見つめ返す。

染谷は、手首に付けたままだった時計を倫理の目の前に翳《かざ》した。

「……二十三時半になったよ。そろそろ寝る時間だけど、大丈夫？」

一瞬、頭が真っ白になった。

倫理のスケジュール上では、とうに就寝時間である。彼はそれを覚えていたらしい。

もうなにから恥ずかしく思えばいいのかわからなくて、倫理は半泣きになりながら染谷にしがみついた。限界寸前で放置されたせいで、無意識に腰が動く。

「いいです……っ、もう、いいから」

「いいの？　駄目じゃない？」

意地悪に聞き返されて、何度も頷く。

「して、してください」

どうせ、彼を気にしたそのときから、スケジュール通りになんて、思う通りになんていかないのだ。

不測の事態でスケジュールが乱れるのは落ち着かない。けれど、それが嫌ではなかった。不安ではあったけど、嫌な気分にはならなかったのだ。

彼を意識してから、ずっとだ。もう今更なのだから。

「……今終わらなかったら、いつ終えられるかわからないよ？」

それでもいい？　と問われて、必死に頷く。

「いい、お願いします、して……もっと、してください、いっぱい」

懇願《こんがん》すると、染谷はまだかけていた眼鏡を外し、倫理の体を抱き直す。そして、噛み付くような激しいキスを仕掛けてきた。

「おはようございます、只今《ただいま》戻りましたー」

いつもと同じように、爽《さわ》やかな笑顔で経理室へ入ってきた染谷《そめや》に、倫理《みちのり》を含めた面々がおはようございます、おかえりなさーい、と挨拶を返した。

進展した横領問題と新たに発覚した産業スパイの問題で、社内はとてもばたついている。経理部だけでなく営業部やその他の上長が懲戒《ちょうかい》処分となったため、人事方面は特に慎重《しんちょう》にならざるを得なくなり、大変混乱しているようだった。

経理部も通常業務に加え、課長が抜けた穴埋めでこのところわずかな残業が増えている。新たな課長が来るのはもう少し先になるという通達もあった。

染谷は相変わらず社内にとどまり、あちら側の仕事と経理としての仕事を両立させていた。今朝も、以前は課長のお供として行っていたところに一人直行で出向いていたのだ。

染谷が戻ってきて間もなく、昼休憩のチャイムが鳴った。

佐藤《さとう》と渡辺《わたなべ》は、すぐに立ち上がって外へ出ていく。社内が忙しない都合上、昼休みでも経理部内にとどまっていると次から次へと仕事が降ってくるからだ。

「俺たちも行きましょうか」

「ですね」

そう言って、二人で屋上へ向かう。

「……体調、大丈夫ですか」

階段を上っている最中にそう問われて、倫理は眉を寄せて赤面する。

「もう大丈夫ですってば」

先日、初めて抱かれたあと、倫理は数日間よろよろと腰を支えて歩くことになった。普段使っていない筋肉を使ったからかな、と言われたが、正確には普段どこの筋肉も使っていなかった結果だ。

もっとも、初心者である倫理を抱き潰した染谷のせいによるところも大きい。けれど「してください」と言ったのは自分なので、彼を責める気は毛頭なかった。

屋上のドアを開けると、相変わらず人の気配はない。

二人きりになったので、倫理は弁当を広げながら遠慮《えんりょ》なく質問を投げた。

「もう解決したってことは、このあとのごたごたが収まったらやめちゃうんですか」

妙に淋《さび》しげな口調になってしまい、染谷が苦笑する。

「いや、しばらくはいるつもりですよ。事後処理もあるし、それに人手も足りないしね。あと、ルールを緩くしちゃった責任もあるから」

当初、「時間を過ぎても受け付ける」というように決まりに緩かったのは、横領の証拠を見つける活動の一環だったそうだ。居残りをしても不自然に見られないように、そして諜報《ちょうほう》活動にも関わるためだったのだと。

今はもうそちらの仕事の片が付いたので、決まりを緩くした部分は責任を持って、徐々に厳しく締めていく予定なのだという。

横領の件があるので、厳しくすることに文句を言う者は出ないだろうし、自然な流れだと皆納得するだろう。

「アフターフォロー、結構しっかりしてるんですね」

「それはそうですよ。やりっぱなしにするわけにいかないでしょう」

そういう便利屋のようなものは「解決したので撤収《てっしゅう》！」といなくなるものだと思っていたが、それなりにちゃんとしているようだ。社史編纂室の室長補佐は、すぐにいなくなると聞いているが、曰《いわ》く彼は多忙なのだという。

「……でも、もう一年もいないんですよね」

まだいてくれるとほっとする反面、それでもやはりいずれはいなくなってしまうという事実は変わらず、落胆が隠せない。

そんな呟きを落としてしまってから、染谷がこちらを見ていることに気づき、はっと顔を上げる。

「嘘です、冗談――」

無理やり笑顔を作ろうとしたら、軽く触れる程度の優しいキスをされた。

「……でも、会社で会えなくても、いつでも会えるから」

柔らかな声で諭《さと》すように言われ、頷く。

「もっとも、いつでも会えたとしても、スケジュール通りに家に帰せるかはわからないけど」

冗談交じりのその言葉に、倫理は笑った。

染谷に出会ってから、自分が十年以上守ってきたタイムテーブル通りにいかないことが多々あった。多分、この先も乱され続けるに違いない。

けれど恋人の傍《そば》にいることで、スケジュールを守ることよりずっと、心は満たされている。

拒まない恋人

kobamanai koibito

「それじゃ、今週もお疲れ様でした」

そう言ってビールの注《そそ》がれたグラスを染谷翼《そめやつばさ》が差し出すと、ローテーブルを挟《はさ》んだ対面の恋人――山田倫理《やまだみちのり》はほんの少しはにかみながら「お疲れ様でした」と同じく手に持っていたグラスを軽くぶつけてきた。

互いにシャワーを済ませたあと、リラックスした雰囲気で一口、二口、とビールを呑《の》む。それから笑い合う。たったそれだけの、ほんの些細《ささい》なことに、幸せを感じた。

金曜日の夜特有の開放感と、恋人と二人でいられる多幸感に、頬が自然と緩《ゆる》むのだ。

――それに、今日は倫理の自宅に、初めてのお呼ばれだし。

初めて抱いたときも、恋人になってからも、会うのはいつも染谷の自宅が多かった。

特にそのことに不満はなかったし、倫理は色々とこだわりの強いタイプなので、もしかしたら己《おのれ》のテリトリーに入られるのが苦手かもしれない。誰かと付き合うのも染谷が初めてだというし、様子をうかがっていたのだ。

だが今日は、珍しく倫理のほうからお誘いがあった。「今日はうちにいらっしゃいませんか」と。一も二もなく「行きます！」と答えたら、ちょっとびっくりしたように目を丸くし、それから花が綻《ほころ》ぶように笑ってくれた。

「……あの、本当によかったんですか？」

「なにがですか？」

躊躇《ためら》いがちに切り出された問いかけに心当たりがなく、首を傾《かし》げる。倫理はそわそわしながら、ちらりと部屋の中に視線を向けた。

「……せっかくの金曜日に、俺の部屋なんかで」

「え？　俺もしかして部屋着のまま帰らされます？」

帰ってくれと遠回しにアピールしているのかと、身につけている倫理が用意してくれていた部屋着を指差しながら問えば、倫理はひどく焦《あせ》った様子で頭を振った。

「いえ、あの、そういう意味じゃなくて」

思いもよらぬツッコミだったようで、倫理は惑乱《わくらん》しながら違うんですと否定する。勿論《もちろん》冗談で訊《き》いたのだが、その様子が可愛《かわい》らしかったので言い訳する倫理をしばし楽しんだ。

「で、その問いの意味は？」

水を向けた染谷に、倫理が恥ずかしそうに俯《うつむ》いた。

「……染谷さんのおうちと違って、狭《せま》いし……おしゃれじゃないので……」

ぼそぼそと呟かれた言葉に、染谷は目を瞬《しばたた》く。

確かに倫理の部屋は、染谷の部屋よりは平米数が少ないかもしれない。だが物が多くなく、きちんと整頓《せいとん》されているシンプルな1Kの部屋は言うほど狭くもなく、実用的な家具が揃《そろ》っていていかにも倫理らしく、居心地もいい。

「俺がおうちに来るの、駄目でした？」

問いかけに、倫理はすぐに首を振った。本気で心配していたわけではなかったが、それでもほっとする。

「じゃあ、嫌でした？」

「っ、嫌じゃないです……！」

こちらもすぐに否定した倫理に小さく笑って、染谷は俯いたままの恋人の頬を撫《な》でた。テーブルの上に落ちていた視線が、はっとしたようにこちらに向けられる。うるうるとした瞳の中に、染谷が映《うつ》っていた。

「倫理らしくて、いい部屋だと思うけど」

呼び捨てにして、丁寧語も取り払って言うと、倫理はまるで愛撫《あいぶ》されたように身を震わせた。微《かす》かな怯《おび》えと、期待を孕《はら》んだ表情が色っぽくて、頭から食べてしまいたいような衝動にかられる。

己の体の中にゆらりと揺らめきかけた情欲の炎を理性で吹き消し、ぱっと手を離した。

「取り敢《あ》えず俺としては、山田さんのおうちにお呼ばれしてはしゃいでますよ」

呼び名と喋《しゃべ》り方《かた》を同僚仕様に戻すと、倫理は安堵《あんど》したような残念そうな顔をして笑った。

「まあ、とくにお構いもできませんけどゆっくりしてください」

「お呼ばれしただけでも嬉しいですし、なにより、山田さんの手作り料理が食べられるのが嬉しいです」

テーブルの上には、倫理の家の冷蔵庫に入っていた作り置きの料理や、帰宅してからさっと作ってくれた料理が並んでいる。ミニトマトのマリネ、筑前煮、秋野菜の浅漬け、翡翠茄子《ひすいなす》、きんぴらごぼう、厚焼き玉子、きのこと鶏肉のパスタ。倫理は細身だがよく食べるので、肴《さかな》にしては多めの品数だ。

どれも美味《おい》しそうだとにっこりしながら言うと、倫理は一瞬染谷の笑顔に見惚《みと》れ、それからぽっと頬を染めた。

「あの……ありあわせのものですし、全然おしゃれじゃないし、雑多で普通のものばかりですけど」

「ありあわせでこんなに料理を出せるのってすごくないですか？　それにこういうのは『おしゃれじゃない』じゃなくて『美味しそう』っていうんですよ」

いただきます、と手を合わせると、倫理は慌てたようにどうぞと頭を下げてきた。

「ん！　美味しい！」

染谷の反応に、倫理はほっと胸を撫で下ろしている。

本人としては「普段作っているもので」ということで人に食べさせることを躊躇《ちゅうちょ》しているようなのだが、素朴《そぼく》な見た目の料理はとても美味しい。どれも普段から料理をし慣れている人の作るものだな、と感じられた。

「お口にあってよかったです」

「いや、前にお昼をちょっと食べさせていただいたときにも思いましたけど、山田さん、料理お上手《じょうず》ですよね」

「いえ、そんな」

「俺、この味好き」

少々砕《くだ》けた言い方になってしまった素直な感想に、倫理は真っ赤になりながらも嬉しそうに笑った。染谷がぱくぱくと箸《はし》をすすめる姿を、倫理は対面でぼんやり見つめている。

どうやら倫理は染谷の顔が好みらしく、気がつけば彼の大きな瞳はいつも、じいっとこちらに向けられていた。

経理課に配属されたときには、彼はまだこちらに恋愛感情を抱《いだ》いていたわけではない。むしろ、あまり好かれていなかった。

本業のほうの業務のために、領収書などを持ってくる社員に染谷が甘い顔をする度《たび》、むうっと不満げにしていたものだ。その反面、いつも倫理の視線は染谷に向かっていた。

——正直、自分の顔ってそんなに好きでもなかったけど。

それなりに造形が整っている自覚はあるが、時に無用なトラブルを生むこともあるし、自分としてはもう少し男性らしさがほしいと常々《つねづね》思っていた。

だが、好きな人が好きだと感じてくれるなら、この顔も悪くない。

とはいえ穴が空《あ》くほど見つめられれば流石《さすが》に居心地も悪く、染谷は苦笑してファンサービスのように手を振る。

「あ……っ」

はっとして、やっと自分がぼうっとしていたことに気づいた倫理は慌てて手にしていたグラスを口に運んだ。その顔は、酒のせいではなくみるみる真っ赤になっていく。

指摘するような意地悪はしないで、「忙しかったから、ちょっと疲れちゃいました？」と水を向けた。ああ、えっと、はい、としどろもどろになりながら倫理が頷く。

「今週は忙しくて、平日に会ってる暇《ひま》もありませんでしたからね」

実際それは事実で、倫理の顔に思い出したような疲労が滲《にじ》んだ。

「あー、はい。ほんと、そうですね……」

一週間の激務が脳裏を過《よぎ》り、互いに溜息を吐《つ》いた。

鷹羽紡績《たかばぼうせき》は、つい先日発覚した——摘発《てきはつ》したのは他でもない染谷の本来所属している会社だが——横領、及び産業スパイの件で連日多忙を極めている。

「決算期でもないのにバタバタしてて……もう、ほんと……疲れました」

疲弊《ひろう》を滲ませて倫理が嘆息する。

「なんだか、すみません」と謝ると、倫理はきょとんと目を丸くし、それから苦笑した。

「謝ることなんてなにもないじゃないですか。むしろ、俺たちがお礼を言わなければならない立場なんですから」

確かにそうには違いないのだが、それでも恋人が大変そうだとそんな謝罪が口をついてしまうのだ。

倫理は子供の頃から「一日のスケジュールを決め、その通りに過ごす」というルーティンを持っていたが、きっと今週はまったく思う通りにはいかなかっただろう。彼のストレスになってもいけないと思ったので電話もせず、毎日短いメッセージだけを送り合っていた。

「それに、忙しいのは俺たちだけじゃありませんしね」

「まあ、そうなりましたね」

過去のデータや書類の見直し、会議、コンプライアンス研修などに通常業務も加わって、経理や営業部だけでなくあらゆる部署が忙《せわ》しない。

そんな中で染谷は、調査の一貫で緩くしていたルールを「横領などのトラブルがあったため」という表向きの理由で厳《きび》しく締め始めた。営業部員とその金の動きを見るため、そして居残りをしても不自然に見えないように、多くの仕事を引き受け残業を行っていたが、もうその必要はない。仕事を遂行《すいこう》したあとのアフターケアのひとつだ。

——意外と、押しに弱いんだよな。

ちょっとした誤算だったのは、再び倫理を頼る営業部員が増えたことだった。

容赦《ようしゃ》のなくなった染谷に対し、倫理はなんだかんだ断りきれないときも多い。

——「駄目です」って言ったのに、受け入れちゃうんだからな……。

彼の口調はきついのだが、それにもめげない図々《ずうずう》しさで押し切られると弱いのだ。だから、余計に謝罪の言葉を口にしたくなる。

「嫌なことは嫌って、言ってくださいね。俺たちが抜けた後も」

染谷の言葉に、倫理は目を丸くした。

「言ってますよ。あんまり言うので嫌われているくらいなんですから」

だが本人の認識はこんなもので、「ちゃんと突っぱねられている」と思っているようだ。

染谷が来る以前からそういう側面はあったため、倫理は不満げな顔をしながらも請《う》け負《お》ってしまっていた。

倫理がそんな自分に落ち込んでいるのも知っているので、特段なにも言わずに染谷は影でそういう輩《やから》を牽制《けんせい》しつつ、仕事を手伝う。

——利用されている分にはいいけど、いや、よくないんだけど、「生真面目《きまじめ》で可愛い山田さん」の存在を認知されたらちょっと嫌だな。

そんな嫉妬《しっと》を口にすれば、きっと彼は「そんなことを言うのは染谷さんだけですよ」なんて笑うのだろうけれど。

「とにかく、今週もお互いお疲れ様でしたってことで」

「ですね」

金曜の夜に無粋《ぶすい》な話をしなくてもいいだろう。そこからは、他愛《たわい》のない話へと移行する。

倫理は真面目だ。不器用なほどに一生懸命で、それが彼に抱いた最初の好感だった。

――とはいえ、最初は恋愛感情ではなかったけど。

まさか、その四角四面とも言われる経理部員と恋に落ちるとは想像していなかった。ずけずけとものを言っていると勘違いされ、強い言葉を返されて、傷つくような人だ。無神経な言葉に、傷ついた表情をしていたのが可哀想《かわいそう》で、可愛らしくてときめいた。

――どうも、俺は彼の困った顔とか、泣きそうな顔が好きみたいなんだよな。

勿論、笑顔も、びっくりした顔も、無表情でも可愛い。だが特に普段無表情の彼が感情を顕《あらわ》にするそのふたつの顔が気に入っていた。

そしてなにより、その生真面目さ故に嘘がつけないところも好ましい。

――俺の周りは、嘘つきばかりだし。

商売柄《がら》、敵も味方も嘘つきばかりだ。無論、そういう商売だとわかっているし、それを苦痛に思うような可愛らしい性格でもない。

だが、その一方で倫理のような嘘のつけないタイプを見ると、安らぐのだ。自分にない、綺麗なものを倫理は持っている。

そしてそれは他の誰にも壊されたくない。汚してほしくないと、そう思う。多分本来の雇用主である稲葉《いなば》教明《のりあき》も同じタイプだ。

じっと恋人を見つめたら、彼は首を傾《かし》げた。

「なにか？」

「いえ。二人でゆっくりできて嬉しいなって」

染谷の言葉に倫理はほわっと頬を緩め、目元を染めた。そして、ぼそぼそと「俺もです」と言ってくれる。

良くも悪くも感情がストレートに出がちな倫理は、こういうところが可愛い。

――もっとも、俺は最初嫌われてたけど……。嫌われてたというのとも違うかな。

倫理本人は多分無意識で、染谷のほうを見ていた。つんとしていて、染谷の仕事ぶりに苛々《いらいら》しながらも、ずっとこちらを意識しているようだったのだ。

気になるからこちらを注視し、行動を見てはむっとして。本人は後に「感じが悪かったのにどうして」と困惑していたが、染谷は素直で可愛いなと思っていた。

埃《ほこり》がついている、などと言い訳をして彼に触れたときは、好意はあったが無自覚で、好ましく思っていた気持ちが恋に変わったのは――自分が抱いていた気持ちの積み重ねが恋になったのを自覚したのは、飲み会の帰りだったのを明確に覚えている。

桜が舞う中に立つ姿勢のいい倫理に、胸が高鳴った。

花びらを言い訳に初めて指先で彼の唇に触れて、自分が彼になにかの理由をつけてでも触れたかったことを思い知ったのだ。

――男だから、とか、潜入先の人だから、とか、そういうのはびっくりするくらい頭になかったな。

昔を回顧しつつ、取り留めもなくおしゃべりをしていたら、倫理が「あ」と思いついたように声をあげた。

「そういえば、聞きました？　大町《おおまち》さん、営業部に戻るって」

「あぁ、そうらしいですね」

大町というのは、一時横領の罪を着せられて強制的に部署異動をさせられた営業部員のことだ。そして、恐らく倫理にとって唯一「感じが良い営業部員」であっただろう。

彼が異動した先は、今回の横領及び産業スパイ事件についての調査を行っていた常務の息がかかる「社史編纂室《へんさんしつ》」という部署だった。

傍《はた》からは閑職《かんしょく》に回されたように思われる異動ではあったが、その実、彼を守る人事的な措置《そち》であったといえる。

もっとも、彼は平たく言えば利用されてスケープゴートにされたようなものだったので、守るもなにもないのだが。

——だからこそ、会社に残るってのも信じられないけど。

大町に訴《うった》えられたら鷹羽紡績は確実に負ける。

だというのに、彼は会社を訴えることもなければ、汚名を着せられてつらい思いをしたであろう部署にいずれ戻る意志があるというのだ。

「噂《うわさ》によると、常務直々《じきじき》に頭を下げたらしいですよ。会社に残ってくれって」

染谷の言葉に、倫理が「ええ？」と首を傾げる。

噂というか、その現場に居合わせた上司――稲葉に聞いたのでそれが真実だ。

「偉《えら》い人に頭を下げられたからって、残ります？　普通。俺なら嫌というか多分無理です……」

「なんでも、大町さんって常務に憧《あこが》れてこの会社入ったらしいですよ」

鷹羽紡績の常務取締役である塚森賢吾《つかもりけんご》は創業者一族であり、現社長の子息である。三十五歳になる彼の経営手腕は内外で有名だ。大町に限らず、若手経営者が実績を発揮《はっき》していることに希望や憧れを持って入社を志願するものは多い。

その憧れの人に頭を下げられて――稲葉いわく「たらしこまれて」――社員でいることを選んだそうだ。

「あぁ……なるほど」

そうは言いながらも、倫理は納得しかねるように顔を顰《しか》めた。

「それにしたって……それでも俺なら、無理です。あんな目にあって」

「まあ、それは皆そうじゃないかな」

「……みんな、あんなに冷たくしてたのに」

大町が横領の罪を着せられた際、社員の目は彼に非常に冷たかった。経理部ですら、露骨《ろこつ》な態度は取らなかったが微妙な空気が流れたほどだ。そんな中で、倫理だけが彼はそんなことするはずがない、と信じていた。

「心が強い人なんでしょうね」

感心するように言った倫理に、染谷は曖昧に笑う。それでも、本当に孤独であったならば、多分彼でも心が折れてしまっただろう。

大町は持ち前の明るさで、異動先でも結果を残したと聞いている。主な取材先である新しい客先での評判もよく、気にかけてもらっているそうだ。

それと、彼を支える同僚、そして以前と変わらぬ態度で接してくれる同僚もいる。倫理も、そのうちの一人だ。

――意外と、態度を変えない人というのは貴重なものだから。

染谷の本来の職務においては、孤立した人物に会うことも少なくない。やはりそれまでどれほど懇意《こんい》にしていたとしても、人は態度を変えるものだ。それが悪いこととも言えないけれど。

「あ、そうそう。そういえばね、プレゼントがあって」

大町が染谷の恋敵《こいがたき》になることはないであろうけれど、あまりそちらに気を向けられても落ち着かないので、染谷は話題を変えた。

「えっ、プレゼント？　なんで……」

「俺から仕事を頑張った山田さんにご褒美《ほうび》です」

「え、でも頑張ったのは別に俺だけじゃ」

「いいからいいから」

そんなものは口実に過ぎないので、あまり考えないでと紙袋を押し付ける。困惑しながらも「ありがとうございます」と受け取ってくれた。

「見てもいいですか？」

「どうぞ」

手で促《うなが》すと、倫理は紙袋の中を覗き込んだ。その目がぱっと明るく輝く。

「あっ、これ……！」

ワントーン高い声を上げた倫理が袋から取り出したのは、最新版の簿記検定三級の過去問題集だ。

簿記検定の問題集を解くのは倫理の趣味である。

新しい問題集は、ちょうどこの鬼のように忙しい期間に販売されていた。会社と家を往復するだけの倫理に書店へ行っている余裕はない。

倫理はあまりネット通販を利用しないと言っていたので、まだ買っていないだろうと踏んだのだが正解だった。

「嬉しいです！　ありがとうございます……！　忙しくて、全然買いに行く暇なくて」

「よかった」

「すっごく嬉しいです！」

わー、と歓声を上げながら倫理がページをめくる。染谷が歴代の恋人に贈ってきたものの中で一番実用的で色気がないものだが、こんなに喜んでもらえたのももしかしたら初めてかも知れない。

ただなにかしてあげたい、という気持ちもあり、そして彼が数少ない趣味もままならず心身ともに疲弊《ひへい》していたことを知っている。だから、プレゼントしたかったのだ。

「ありがとうございます、染谷さん」

「いいえ。喜んでもらえて、俺も嬉しいです」

本当にそう思えるのだから驚きだ。

まさか簿記検定の過去問題集という色気も素《そ》っ気《け》もないプレゼントにはしゃぐ恋人を眺めながら、嬉しくてたまらない気持ちになるなんて、過去の自分では絶対想像できないことだった。

ゆっくりと会話しながら食事を終えて、二人で一緒に片付けを行う。食器を下げ、染谷がローテーブルの上を片付けている間に、倫理は食器を洗いにキッチンへ立った。片付けとはいえ大してすることもないので、倫理のもとへ向かう。

「なにか手伝いましょうか」

背後から声をかけた染谷に少し驚いたように肩を揺らし、倫理が振り返る。一人暮らし用のキッチンスペースはさほど広くはないので、妙に距離感が近い。

微かな戸惑いと照れを顔に浮かべて、倫理は洗濯されたばかりの布巾《ふきん》を染谷に手渡す。

「あ、えっとじゃあ食器を拭《ふ》いて、しまってもらえますか？」

「了解です」

とはいえ二人分ではその食器の量も多くない。あっという間に片付け終えて、二人で顔を見合わせた。

「……キスしていい？」

これからどうする？　と訊こうと思ったのに、思わず直截《ちょくせつ》な科白《セリフ》を言ってしまう。

倫理は一瞬ぽかんとして、すぐに真っ赤になった。

丁寧語をやめ、山田さんではなく倫理と呼べば、それは「同僚」ではなく「恋人」となる。

いいも悪いも口にする前に、その柔かな唇を塞《ふさ》ぐ。触れた唇はとても甘くて、余すところなく味わいたくてたまらなくなった。

まだ触れ合うことに慣れない倫理は、戸惑うように身動《みじろ》ぐ。ほんの少し逃げた腰を強引に抱き寄せてキスを深めれば、ん、と小さく喉を鳴らした。

「ベッドに連れて行っても、いい？」

唇をずらし、額を軽く触れ合わせて問いかける。至近距離過ぎる顔はよく見えないが、触れ合った肌の熱っぽさから彼が赤面したのが伝わった。

返事の代わりに、倫理はかきつくように抱きついてくる。緊張感から震えている恋人の可愛らしさに頬を緩め、染谷は彼の細い体を抱き上げた。

そのまま居室に運び、ベッドにゆっくりと横たえる。すぐにその上にのしかかると、普段は倫理だけを受け止めている寝具は、二人分の体重を受け止めて軋《きし》んだ音を立てた。

身を屈《かが》めると、倫理はそっと瞼《まぶた》を閉じる。

「あ……」

唇を開かせて、ゆっくりと探るように舌を差し入れた。深いキスにはまだ慣れない倫理の舌は、大抵縮こまっている。

「ん、ん」

けれど倫理の体は余すところなく、染谷からの愛撫に弱い。染谷の舌や指で、倫理はいつも甘く蕩《とろ》ける。

舌で愛撫し、時に甘噛みしていると、倫理の強張《こわば》っていた舌は徐々に柔らかくなり応《こた》え始めた。味わうようにキスをしてから名残惜《なごりお》しげに解くと、惚《ほう》けた顔をした倫理が吐息する。濡れた瞳と唇が、普段の彼からは想像できないほど扇情的だ。

普段はにこりともせず、むしろ社員から冷たい印象を持たれることの多い倫理の無防備な顔に、たまらなくなる。きっと、こちらを信頼しているからこその表情なのだろうと思うのだ。

――……やばいな、なんかめちゃくちゃしそう。

この一週間はお互いに本当に激務で、キスはおろか仕事以外では声すら聞けないような状況だった。

ただ会って食事をして話をするだけでも十分楽しく満たされた時間だったのも本当で、別に無理に耐えていたわけではない。

だがこうして一度触れてしまうと、自分の裡《うち》のどこに隠れていたのかわからないくらいの情欲が溢《あふ》れてくるのがわかってしまう。

一旦《いったん》落ち着こう、と己に言い聞かせて倫理を見下ろしていたら、彼は潤《うる》んだ目を不思議そうに瞬《しばた》かせた。遠慮がちに染谷のTシャツを摑み、首を傾げる。

「そめや、さん?」

なんで触ってくれないの。

そんな幻聴が頭の中に響いて、理性の糸が一本切れた。ただ、複数あるうちの一本だったので顔にはあまり出なかったと思う。

だが前触れなく突然Tシャツを脱ぎ捨てた染谷に、倫理はびっくりした顔をしていた。染谷は間を置かず、困惑した様子の倫理が着ていたTシャツも脱がす。

少々丁寧さに欠けていたため、衣服に引っかかって外れてしまった倫理の眼鏡を拾ってかけなおさせてから、今度は半《なか》ば強引に下着ごとスウェットを剝いだ。

「……っ、そ、染谷さん、あのっ、あっ」

抵抗する余裕も与えずに脚を開かせれば、全身がほわっと赤く染まる。薄い肌色の倫理は、体温があがると非常にわかりやすく色づくのだ。

倫理の性器はまだ淡く兆《きざ》し始《はじ》めたばかりで、なんの準備もできていない。掬《すく》い上《あ》げるように触れて、そっと唇を寄せる。

「あっ……！」

びくっと跳ねた膝に抵抗される前に、染谷は倫理のものを口に含んだ。

「だ、駄目です……だめっ……」

口淫《こういん》するのは初めてではないのに、倫理は身を震わせて涙ぐむ。けれど嫌悪や拒絶じゃないのは、口の中にある彼のものの動きで如実《にょじつ》に伝わっていた。

滑《なめ》らかで可愛らしいそれは、本人の性格同様控《ひか》えめに形を変えていく。

「だめ、汚いから……っ」

――汚くなんてないのに。

別にこの展開を期待していたわけではないだろうが、倫理は丁寧にしっかりと体を洗っている。肌からも下生えからも優しいボディソープの香りがしていた。

――……別に、洗ってなくてもいいんだけどね。

正直なところそれはそれで好き、と思うのだけれど、そんなことを言ったら羞恥《しゅうち》で目の前の彼は倒れてしまうかもしれないし、不慣れな彼に幻滅されるのも本意ではないので、微笑《ほほえ》むにとどめた。

咥《くわ》えながら目が合うと、倫理はこれ以上ないくらい真っ赤になり、涙目になっている。

――あー……可愛い。

たまらない、と喉を鳴らす。

先程から、閉じようか開こうか悩んでふらふらしている膝も可愛い。開脚した状態では無防備で恥ずかしく不安だし、はしたなく思えてしまうのだろう。かといってこの状況で閉じてしまうと今度は染谷の頭をホールドする恰好になってしまい、いやらしく淫《みだ》らな行為を許容し、あるいは強要しているように感じてしまうのかもしれない。

快楽に慣れておらず、陥落《かんらく》してしまう自分に困惑して涙目になってしまうのも、本当に可愛いと染谷は思っている。

――俺、こういう子が好きだったんだなぁ。

倫理と付き合い始めた頃に、上司である稲葉に「お前、ヘテロじゃなかったの?」と訊かれた。彼自身はゲイであり、そのことも公言している。

別にヘテロだと言った覚えもゲイだと言った覚えもないですが、と答えたら、まあそうだけどと稲葉は苦笑していた。

実際、自分のセクシャリティについて考えたことはあまりない。

ただ、小綺麗な顔のせいか昔から同級生や見知らぬ男性、はては痴漢《ちかん》まで含めて、染谷はボトム側として見られることが多かったと思う。

長身でいかにも男性的な稲葉と行動をともにしはじめてからは、対比でますます抱かれる側だと認知されやすく、そして二人がカップルではないと知るや声をかけて来るのはタチばかりで、染谷の食指は一切動かなかった。だから男性とは経験したことがないし、恋をしたこともない。

それがまさか、同僚に落ちるとは想定外だった。

「だめ、だめです……っ」

――あー……ほんと、可愛い……。

涙目になって身悶《みもだ》える恋人を眺め、目を細める。

男性を抱くのも、男性器を口に入れるのも勿論倫理が初めてで、それなのに自分でも驚くくらいに抵抗がなく――むしろ、もっとしたいと思うほどだ。

根本まで咥え込んだり、喉や舌、頬の内側などで先端を愛撫してやると、徐々に彼本人の味と匂いがしてくる。吐息混じりに小さく零れる「あ」という倫理の声に、ますます興奮した。

「あっ……」

溢れる倫理の体液と染谷の唾液《だえき》で指を濡らし、会陰《えいん》に触れる。擦《こす》り、押すと、期待するように細い体が震えた。互いの体液を擦り付けるように指を動かし、時折更に後ろの窄《すぼ》まりへも触れる。

「つ、……う……」

そんな愛撫を繰り返していると、もじもじしていた膝が強張った。口の中にあった倫理のものも、ぴくんと跳ねる。

——いきそう？

目で問えば、倫理は両手で口を押さえながら首を振った。

「あの、もう離してくださ……、あっ」

彼の太腿《ふともも》を押さえて、口腔内で震える先端を口蓋《こうがい》で擦る。ごりごりと固くざらついた箇所で刺激すると、倫理が息を詰めた。

「つ、本当に……離して……っ」

出していいよとばかりに吸い上げたら、倫理が「あ！」と声を上げる。

「駄目……っ」

咄嗟《とっさ》に肩を押されて、口を外してしまった。——瞬間、顔に熱いものがかかる。

「っ……！」

息を呑んだのは倫理のほうで、唖然とした様子でこちらを見ていた。

三秒ほど間を置いて、倫理はそんな声出せるんだというくらい大声で「ごめんなさい！」と叫び、慌てて染谷の顔を拭いた。

「倫理、落ち着いて」

「どう、どうしよ……ごめんなさい、すみません！　どうしよう、こんな」

どうしようどうしようと言いながら、染谷の顔を手で拭いたり、脱ぎ捨てた服で拭いたりと忙しない。ぐいぐいと顔を拭《ぬぐ》われながら、染谷は笑い出したいのを堪《こら》える。

「痛い痛い。落ち着いて」

「染谷さんの顔に……！　眼鏡《めがね》に……！　眼鏡っ、ティッシュ、メガネ拭き……!?」

完全にパニックに陥っている倫理に「大丈夫だから、落ち着いて」と繰り返し、彼の精液で汚れた眼鏡を外してサイドボードへ置いた。

もはや惑乱して半泣き状態になりながら染谷の顔を拭き続ける倫理に「落ち着いて」と笑いかけたがどうにも平静を取り戻せそうになかったので、肩を摑んで多少強引に口づける。

「――――」

ぴたりと止まった倫理が、ほんの少し肩の力を抜いた気配がした。

「あ、ごめん。嗽《うがい》もしないでキスしちゃった」

唇を離して謝罪すると、いえ……、とどこかぼんやりとした様子で答えてから、倫理が我に返って涙ぐむ。

「すみません、俺……染谷さんの顔に、眼鏡に……」

「いや、それは俺のせいでしょ？　そうさせたのは俺なんだから」

飲ませてもらえなかったのは残念だったけれど、半泣きになって焦る倫理を見られたのでそれはそれで満足だった。

「でも、眼鏡」

そんなに眼鏡にこだわらなくてもいいのにと思いながら、染谷は破顔する。

「だから、大丈夫。……あ、ごめん。また」

癖《くせ》のようにキスしてから、また口を濯《すす》ぐ前だったことを思い出した。ベッドを降りようとした染谷を、倫理が腕を摑んで引き止める。

振り返ったら、倫理にキスをされた。

――え……。

恥ずかしがりの倫理のほうからアクションを起こしてくれるのは本当に珍しい。珍しいというか、初めてかもしれない。

押し当てるだけのものだったが、嬉しくて、興奮して、気がついたら倫理をベッドに押し倒してしまっていた。

「あっ、待っ……」

制止しようとする倫理の唇を己の唇で塞ぐ。いつもなら焦《じ》らしつつ体をほぐしていくところを我慢がきかず、性急に、だが乱暴にならないように痩軀《そうく》をまさぐった。

「ん……っ！」

先程ほんの少しだけ触れただけの、染谷を受け入れてくれる場所に触れる。ベッド脇に置いていたジェルを手に伸ばし、十分に温めている余裕もないまま指を入れた。

「……んっ、ぅ」

ジェルの助けを借りて、指がスムーズに入っていく。いつも固く閉ざされているそこは、想定していたよりもずっと柔らかかった。

あれ、と唇を外して倫理の顔を覗き込む。倫理はこちらの視線に気づき、既に色づいている頬を更に真っ赤にした。

ごくんと喉を鳴らしてしまったが、倫理には気づかれなかったかもしれない。

「倫理」

その耳元で呼び捨てると、腕の中にある細い体が小さく強張った。

「準備してて……くれたの？」

耳も、首も、あっという間に真っ赤になる。ぞくぞくと背筋に這《は》い上《あ》がってくる快感に似たものに、染谷は己の興奮を強く自覚した。

「……抱きたい」

ここまで来てそんな科白もないが、たまらなくなって告げる。微かに身を震わせながら倫理は染谷を見上げ「してください」とか細い声で答えた。

脳が焼ききれるような強い興奮とともに、まだほころび始めたばかりのような柔らかな部分に、とっくに張り詰めていたものを押し当てる。倫理が小さく息を吐いた瞬間を見計らい、貫くように突き立てた。

「あ……っ」

反射的に逃げた倫理の腰を両腕で抱《かか》え、ぐっと押し込む。背を軽く仰《の》け反《ぞ》らせ、倫理が声もなく達した。

「……、やば」

このまま持っていかれるかと思った。小さく息を吐き、倫理の顔を見下ろす。ぎゅっと目を閉じ、口を両手で覆《おお》いながら、必死に絶頂をやりすごしていた。

久しぶりだったからだろうか、いつもよりも若干《じゃっかん》感じやすくなっているようだ。

激しく揺さぶりたい衝動に駆られたものの、どうにか抑えてゆっくりと愛撫するように腰を動かす。ん、ん、と鼻から声を漏らす姿が可愛い。

「倫理」

名前を呼んで、口から手をはずさせる。涙で濡れた目が、ようやくこちらを向いた。

——……危ないから、眼鏡外しておこうかな。

まだ優しくしてあげている余裕があるものの、この先はどうかわからない。怪我をさせたり、眼鏡を壊したりする可能性もなくはないので、そっと眼鏡を外してやる。

だが、倫理は「駄目」と声を上げた。

「え、駄目？」

「だって、……染谷さんが、見えなく、なる」

倫理は視力矯正なしでもそれなりに見える染谷よりも格段に視力が悪く、眼鏡を外すと殆《ほとん》ど見えないと言っていた。顔は二十センチまで距離を詰めないとはっきり見えないらしいが、今度は近づきすぎて見えないので、結局人の顔は視力矯正《きょうせい》をしないと見ることができないという。

なるべくなら倫理の言うことは叶《かな》えてやりたいところだが、怪我をさせたくない。

「かけっぱなしじゃ危ないでしょ。はい、手、俺に回して」

有無を言わさず外して避けると、ちょっと不満げにしたものの倫理はこくりと頷き、躊躇いがちに手を回してくる。

温かい掌に、じんわりと多幸感が押し寄せてきた。

「好き」

たまらなくなって言うと、倫理が微笑む。

「おれも……すき、です」

少し縺《もつ》れた言葉が可愛くて、また唇を塞いだ。

舌を絡めながら優しく腰を揺すると、やがて中が断続的に締まり始める。

「あ、駄目……っ」

「……なにが？」

揶揄《からか》うように問えば、倫理は頭を振りながら「駄目、駄目」と繰り返す。締め付けは強くなり、倫理の終わりが近いことを予見させた。

耳元に音を立ててキスをし、深く抱きしめる。腕の中で、倫理がか細い声を上げた。

「っ、……あ、あ……っ」

息切れのような呼吸を漏らして、しがみついてくる。我慢しようと逃げる腰を容赦《ようしゃ》なく押さえつけ、腰を回した。

「あ……っ、待ってくだ、さ、……うぅ」

「いいよ？　いって」

ぶんぶんと首を振りながら、倫理は胸を喘《あえ》がせる。自分ばかりと思って堪えてくれているのだろうけれど、そういうことをされると却《かえ》っていかせてしまいたくなるものだ。

ぐりっと回した腰を強く突き立てて、腰を密着させたまま掻き混ぜるように揺する。あ、と目を見開いて、倫理は染谷の胸を叩いた。

「あ……、待って……！　あ、あ、あ、駄目……――っ！」

腕の中の体が、びくびく震えて仰け反る。

啜《すす》るような中の動きに、染谷も少し出してしまったかもしれない。このまま我慢するか、もう出してしまうか悩んだが、頭で結論を出す前に染谷は達したばかりの倫理の体を揺さぶっていた。

「あっ……、駄目、まだっ……」

敏感な媚肉《びにく》を掻き回されて、呼吸もままならないらしい倫理が、泣きながら首を振る。自分でもどうしようもないと思うのだが、そんな様子にひどく興奮した。

染谷の胸を押し返してきた倫理の手を、少し乱暴に捕らえてシーツに縫《ぬ》い止《と》めるように押さえつける。

「んん……っ！」

なにごとか反論を食らう前に、その唇をキスで塞ぎ、更に深く穿《うが》った。

「んー……っ」

下腹が濡れた気配がする。二人の腹の間にあった倫理の性器から、体液が溢れている気配がした。

がくがくと震える腰を抱きながら、何度も腰を打ち付ける。

「……っん……」

腰骨に甘い衝動が走ったのと同時に、ずっと貯めていた熱を倫理の中に注ぎ込んだ。声もなく悲鳴を上げて、倫理の体が硬直する。出されると、倫理の中は染谷のものを啜るように動くのだ。

それは得も言われぬ快感で、骨が抜けたかと思うくらいに体から力が抜ける。

「……っは」

詰めていた息をほっと吐き出し、腕の中の倫理が啜り泣いていることに気づいた。一瞬どきりとしたが、その表情は愉悦《ゆえつ》に蕩けていて、彼が痛がったりしているわけではないと察せられる。

頬を撫でたら、潤んだ瞳がこちらを見た。まだぽーっとしている倫理の、腕を取り、繋《つな》がったまま抱き起こす。

「あ、ぁ……っ」

抱っこするような体位のせいで深く染谷の性器を飲み込むことになり、倫理は小さく悲鳴をあげる。染谷の胸の中に倒れ込み、息を震わせた。

くすんと可愛らしく鼻を啜る倫理に口付ける。ここまで来るともう照れることはなく、ぎこちなく舌を絡めてくるのだ。

ちらりと室内の時計に視線を向ける。時刻は、午前零時を十分ほど過ぎた頃だった。

本来の「倫理のスケジュール」であれば、彼はもう寝ている時間だ。本人曰《いわ》く「楽」という理由で、倫理はまるで寮や病院のように決められたスケジュールで暮らしている。

趣味でのストレス発散以外に、こういう生活が、倫理のストレスを緩和《かんわ》させるのだということも染谷はもう知っていた。

「……倫理、眠くない？」
キスの合間に尋ねれば、倫理はもどかしげに首を振り、自ら唇を重ねてくる。
染谷と過ごすようになって、倫理はガチガチにスケジュールを守らなくても平気になってい
た。癖としては残っているけれど、守れなかったからといって極端なストレスを抱えることは
ない。
人と過ごせば時間通りにはいかなくなる。だが、それが染谷と一緒に過ごした時間のためな
らば、倫理はストレスを感じなくなったのだと、教えてくれた。
――俺といることが、倫理にとって大切な時間になっているっていうのが、わかる。
愛《いと》しさが湧き上がり、キスし、軽くゆすり上げながら、無防備な彼の胸に触れた。柔らかく
白い倫理の肌がほんの少し、震える。
全体的に肉付きの薄い彼の体の中で、うっすらと柔らかな肉のあるそこを、掌《てのひら》で優しく揉《も》ん
だ。それから、控えめに色づいた突起を親指でくりっと捏《こ》ねる。
中に入れたままの性器を、ぎゅっと締め付けられた。
「そこ、駄目です……あっ」
「どうして？　よくない？」
くりくりと弄《いじ》る度に、呼応するように倫理の体は染谷の性器を締め付ける。それが自分でも
わかっているのだろう、倫理はみるみる真っ赤になった。

「染谷さんが、いじるから……」

「感じるようになって、困る？」

笑った染谷に答えず、倫理が「意地が悪いですよ」と睨《にら》んだ。

「倫理ってさ」

乳首を愛撫しながら問いかけると、真っ赤な顔をして倫理が目を瞬く。

「すぐ『駄目』っていうよね」

一緒に仕事をして、幾度《いくど》も肌を重ねていて気がついたのだが、倫理は「駄目」とよく言う。仕事上、普段から「これは駄目です」と言っているけれど、こうして抱き合っているときにも「駄目」と言うのだ。思い返せば、初めて抱いたときも「駄目」と連呼していたような覚えがある。

倫理は染谷の指摘に、虚を衝《つ》かれたように目を丸くした。

「仕事のときは駄目なときに駄目って言ってるし、まあ不良営業部員さんたちがよく言わせるわけだけど……俺にもよく言わない？」

「え、っと」

こういうことをしていれば、駄目だの嫌だのいう科白はよく聞くし、本当に拒《こば》んでいるというよりは単なる口癖かな、とも思う。

なにより、気持ちよさそうにしているときや、絶頂の間際に言うときが多いのだ。

――それがわかってもいるから、まあ、興奮するといえばするんだけど。

とはいえ、本当に駄目なときに抑えてやれるか自信がなくなるときもある。嫌われるのも本意ではない。

「え……っと」

「本当に駄目なら、やめるけど」

「えっ……」

慌てたように、倫理が顔を上げた。不安げなその表情に少々心が痛みながらも、可愛くてもっと意地悪が言いたくなってしまう。

「嫌なら言って？　倫理の嫌なことはしないから」

「え、あの」

両腕で抱きしめて軽く腰を浮かさせ、一気に腰を落とさせる。ごつんと勢いよく奥を穿《うが》つ恰好になり、倫理は息を詰めて染谷にしがみついた。

中で一回出したせいで、一度目よりスムーズに奥まで入ってしまう。首元に顔を埋める倫理が、また「駄目」と言った。

「嫌？」

問いかけに、倫理がびくっと肩を揺らす。

「い、嫌なわけ、じゃ」

「じゃあいいの？　このまま続けても、いい？」

普段はあまり連続ですることはない。ほんの少し怯えと期待の混じった目でこちらを見て、
倫理は消え入りそうな声で「いいです」と答えた。

ああ、俺意地悪だな、と思いながら、倫理の顳顬《こめかみ》に口付ける。

「体疲れてるだろうから、今度は後ろからしようか？」

「え……っ」

倫理ははっとして、慌てて唇を噛む。

「あの、はい」

「そのほうが体が楽かと思ったんだけど……倫理が嫌ならしないよ」

「い、嫌じゃないです！」

遮《さえぎ》るように否定して、「本当です」と倫理が付け加える。

――実際、嫌なわけじゃないんだろうけど。

何度かしていて、後背位をしたことがないわけではない。角度が変われば得られる快感はどちらにとっても少し差がある。

倫理の顔が見られないのは残念だけれど、綺麗な倫理の背中が絶頂で震えるのを見るのも、その肌にキスをするのも染谷は好きだ。

けれど、多分倫理は背中側に染谷が来るのがあまり好きではない。

というよりも、向き合ってするのが好きらしい。腕の中に閉じ込めると、いつも幸せそうな顔をする。

「じゃあ、嫌なことはしないから、代わりにしてほしいこと言ってくれる?」

俺のしたいことでいい、じゃなくてさ。と先手を打つと、羞恥心《しゅうちしん》が強く物慣れぬ倫理は困ったように真っ赤になった。いやらしいことを言え、と唆《そそのか》されていることくらい、倫理にもわかるのだ。

ふと、その瞳が涙で潤むのを見て、染谷は慌てて倫理を抱きしめる。――いじめすぎた。

「嘘、ごめん。意地悪が過ぎた!　ごめんなさい!」

瞬時の弁解に、腕の中で強張っていた体からほっと力が抜ける。

「染谷さん、怒って……」

「ない!　ないです。ごめんね」

駄目だと言われて不安になったというのもないではないが、ちょっとセクシャルなことを言わせたりできればいいなとか、言葉責めしたりできればいいなくらいに思っていたのに、まだ経験不足の彼を泣かせてしまった。

言葉をまっすぐ受け取る彼には、自分の態度は怒っているように見えたのかもしれない。

「あの、でもね。泣くほど嫌なことだったりとか、泣くほどでなくても嫌だったりしたら、言って。倫理の嫌がることはしないから」

すん、と鼻を啜って、涙を手で払いながら倫理が首を振った。

「嫌なことなんて、ないです」

「いや、だから」

「確かに、恥ずかしいこととか、色々ありますけど、でも……だって、染谷さんに嘘でも『嫌だ』なんて言いたくないんです、俺」

思いもよらぬ言葉を聞いて、えっと声を上げてしまう。

「だって、好きな人のしてくれることに、嫌なことなんてないです。あなたになら、なにをされても、嬉しくて」

必死に喋っているからだろうか、普段なら恥ずかしがって言ってくれなさそうなことを倫理が話しだす。

「でも、恥ずかしくて咄嗟に嫌とかやだって言いそうになることがあって、それで、駄目って。もう無意識に言っちゃってて、癖っていうか」

かあっと頬を赤くして、倫理がそんな心情を吐露《とろ》する。一瞬の間をおいて、染谷も頬を紅潮させた。

——駄目も嫌も、そんなに変わらない気がするけど……。

それでも、倫理なりに気持ちを持って接してくれた結果だとはっきり聞けて、嬉しい。思いがけず、告白の言葉も聞いてしまった。

赤面している染谷を見て、倫理がほんの少し戸惑った顔をする。微笑んで、彼の唇に今日何度目かのキスした。

その勢いで、ベッドに押し倒す。倫理はついでにとばかりに言い足した。

「……本当は、今日、うちに呼ぶのもちょっと、躊躇してて」

「えっ⁉」

まさかそこから遡《さかのぼ》るのかと、流石に目を剝く。確かに、お呼ばれに心弾《はず》ませていた染谷の一方で、倫理はなんだか気乗りしていない様子だった。

お泊まりをするのが定番となった金曜日に、俺の部屋でいいんですかと訊《たず》ねられた覚えはある。

「嫌だった？」

「そうじゃなくて、その」

言いよどんで、倫理が顔を背《そむ》ける。

「今日は自分のベッドですることになるなって……そんなの絶対、寝る前に思い出すじゃないですか」

目をそらしたままぼそぼそとそんなことを言う倫理に、染谷は「思い出してよ」と囁く。

「あ……っ」

軽く腰を揺すると、倫理が声を上げる。既に硬さを取り戻していた性器で中を擦りながら、染谷は倫理の両手首を摑んだ。

「俺も、一人のときによく倫理を思い出してた」

「嘘……あっ、ちょ、待っ」

強めに揺さぶる染谷に、倫理の体が逃げを打った。ほんの少し間が空《あ》いたとはいえ、もう既に何度か達している倫理が泣き言を漏らす。

「駄――」

「駄目、は駄目」

口癖を封じられ、倫理は小さく息を吞む。

「いいときはいいって、言って。嫌なら我慢しないで。駄目なときは駄目って言って」

だけどそれ以外なら言わないでと口説《くど》く染谷に、倫理が困った顔をした。なにより、そんなふうに頭で考えている余裕が、彼にはもうなくなっているのだ。

「う、あ」

「倫理、お願い」

優しく、でも激しく揺さぶる。追い詰められたような顔をした倫理が、やがて震えながら頷く。

「……い、」

「いい？」

　こくこくと首を縦に振りながら、小さく喘ぐ。

「……っ、あ、あ……」

　倫理がシーツの上を逃げようとするが、手首を摑まれているので上手《うま》くいかない。性器を咥えている内が蠕動《ぜんどう》し、倫理の終わりが近いのを知らせてくる。

　は、は、と息を切らして、か細い悲鳴のような喘ぎ声を漏らした。それから一瞬息を詰めて、体を丸めた。

「──あ、あ……あ、んん……っ」

　倫理の性器からとんだ精液が、彼の白い腹に飛ぶ。それが扇情的で、目が眩んだ。

「っ、あ！」

　まだ達している最中の中に勢いよく性器を突き立てると、先程出したもののせいでぐちゅんと濡れた音が立つ。

「──！」

　声もなく悲鳴を上げ、倫理が仰け反った。

「あっ、あっ、嘘、待って、……俺まだ……っ」

「ごめん無理」

　余裕のなくなっている染谷は、倫理の手首を押さえて激しく揺さぶる。こういうときにキスで口を塞ぐと倫理が気持ちよさそうにするのがわかっていたのだが、今はまったく余裕がない。

なにより、倫理の甘い嬌声を存分に聞きたくなった。

「待っ、あぁっ、うぁ……、……あー……っ」

駄々っ子のような、けれど子供では決して出せない色っぽい声が上がる。

「あ、っあぁ――」

泣きながら喘ぐ倫理を堪能《たんのう》していたら、どん！　と大きな音が響いて思わず腰を止めた。倫理は気づいていないのか、途中で動くのをやめた染谷を、ぼんやりと見る。

軽くその頬にキスをしてから再び腰を動かした。

「あ、ん……あっ、あっ、あ」

「倫――」

再び、今度は先程よりも大きな音で、どん！　と壁を叩かれた。倫理も気づいたらしく、はっと顔を強張らせる。

下唇を舐め、染谷は小さく息をついた。

「怒られちゃったね」

その言葉に、倫理の顔が真っ赤になり、涙目になる。

倫理も含め、この単身者用の住居はあまり騒がしい入居者がいないらしい。壁が薄すぎるというわけではないものの、物音の響きやすい静かな夜に、大声はそれなりに筒抜けだったようだ。

抜いて、早く。

今更小声でそんなふうに言う倫理に、染谷はにっこりと笑った。

「いやいや、無理だよ。ここまで来て」

「嘘、駄目です……っ！」

嫌なら嫌、駄目なら駄目と伝えて欲しいとは言ったが、ここで駄目だとはっきり言われても、止めるのは少々難しい。

嘘つき、と詰《なじ》られた。

「駄目、やめ……っ、……」

声を噛むせいか、締め付けが一段と強くなる。その分倫理が受ける圧迫感も強いのだろう。咎めるように胸元を引っかかれた。

嬌声を堪えるために息を止めてしまっている彼の唇にキスをする。

「んん……っ」

ぷは、と口を開いた瞬間に、また「あ」と喘ぎが漏れる。

「そめやさ、ん、塞いで、くち」

口を塞いで欲しいと懇願《こんがん》する彼に、たまらずキスをする。ぬるっと口腔内に舌を入れたら、それだけでまるで達したように体を震わせた。

「ん、んっ」

縋《すが》り付《つ》いてくる倫理の唇を貪りながら、腰を揺する。興奮気味な自覚はあったのだが、思い切り爪を立てられてもまったく痛く感じないくらい、夢中だった。

幾度《いくど》も倫理の体を穿ち、やがて訪れた絶頂に、染谷は倫理の中に二度目の精を放った。熱いものをまた飲まされた倫理は一瞬身をこわばらせ、ぱたりと四肢《しし》をシーツに投げ出す。

失神させてしまったかと慌てたが、倫理は微かに開いた目でぼんやりと宙を見つめていた。その視線がゆるりと染谷に戻ってくる。

笑いかけると、倫理は狡《ずる》い、とでも言いたげな顔をして、息を吐いた。倫理がこの顔に弱いのを知っていて笑いかけているので、確かに狡いのだ。自分は。

押しに弱い恋人は、染谷の笑顔にも弱い。

「駄目って、言ったじゃないですか……」

弱々しい文句を言って、倫理はゆっくり瞬《まばた》きする。

「ごめんね」

謝ったが、また溜息を吐かれる。だがそこには怒っている雰囲気はなく、やっぱり「ああ、なんでこんな男を好きなのかな……」とでも言いたそうな顔だった。

倫理は叩かれたほうの壁を見て、もう一度染谷を見て、苦笑する。

「ごめんね」

先手を打って謝れば、倫理は体を横にずらし、ぽんぽんとシーツを叩いた。そこに寝ろということだろうか。可愛らしくてつい笑ってしまいながら、横臥《おうが》する。

近づいた染谷の顔に、倫理は苦笑した。

「……でも、嫌じゃなかったから、俺も同罪ですけど」

意外な言葉に、思わず瞠目《どうもく》する。

「だって俺、染谷さんのすることに、本当に嫌なことなんてない――」

最後まで言わせず、軽く触れるだけのキスをした。

互いにこつんと額を合わせ、どちらからともなく笑い合う。

「じゃあ、もう一回してもいい？」

勿論冗談でだがそう言うと、倫理は小さく吹き出して「嫌です！」と返した。

あとがき

AFTERWORD……………………

—栗城　偲—

はじめましてこんにちは。栗城《くりき》偲《しのぶ》と申します。

この度《たび》は拙作《せっさく》『経理部員、恋の仕訳《しわけ》はできません』をお手に取っていただきまして、ありがとうございました。楽しんで読んでいただけましたら幸いです。

私はこのタイトルを見るたびに「恋の仕訳……はて、借方《かりかた》か貸方《かしかた》か。人によっては負債《ふさい》かな」と思っていて、雑誌のコメントでもそのようなことを書いたのですが、後に前篇掲載時の雑誌アンケートを頂《いただ》いて、その中にきっちり別の勘定科目を立てて仕訳してくださった方がいらして「おみそれしました……」と頭が下がりました（笑）。

そんな今作の仮タイトルは「経理部経理課　山田《やまだ》倫理《みちのり》」でしたが「ＢＬっぽくないんで」という当然と言えば当然の指摘で変更となりました。「登場人物のフルネームが入るタイトル」、ちょっとやってみたかったのですが、あえなく失敗です（笑）。

さて、このお話は既刊『社史編纂室《へんさんしつ》で恋をする』のスピンオフです。『社史』とほぼ同時期の話で、その裏で起きていた別のお話と言いましょうか。『社史』には、この本に出てきた脇役の大町《おおまち》（営業部員の人）がメインで出演しております。とはいえ、どちらの本も単独でお読みいただけますので、『社史』未読の方は是非《ぜひ》そちらもお手に取っていただければ幸いです。既にお持ちの方は、また読み返してみてくださいませ。なお、大町の一人称が違うのは、今作の大町が仕事モードの余所《よそ》行き仕様だからです。

倫理は無自覚な健啖家《けんたんか》という設定なので、結構作中でもりもり食べてます。で、それを染谷《そめや》に指摘されるも（本人は普通のつもりなので）スルーするところがあるんですが、校正で「おにぎりでかすぎでは？　平均男子の量……？」と書かれていて「そうですね……」とちょっと笑いました。でも大食漢用じゃなくても、おにぎりってうっかりすると結構米使っちゃうんですよね……ふわっと握ればいいんですけど。

イラストは前作・前前作と同じく、みずかねりょう先生に描いていただけました！　相変わらず広告のごとく素敵なスーツ男子、そして攻受両方ともに素敵眼鏡！　私は実は眼鏡萌えがあまりない人間なのですが、素敵だなあと眺めておりました。受の倫理は大変可愛《かわい》らしく、そして攻染谷は大変美しい……。受が食われる、色んな意味で。みずかね先生、お忙しいところありがとうございました！

最後になりましたが、いつもお世話になっております担当様、そしてこの本をお手にとっていただいた皆様。本当にありがとうございます。よろしければ、感想などいただければ幸いです。

まだまだ落ち着かず、世の中に募《つの》るストレスを感じる日々ですが、もう少しの我慢かなとも思います。マスクが外せるのはもっとずっと先になるのでしょうけれど……。

今はまだ辛抱《しんぼう》のときですが、ともに頑張りましょう。この本が、少しでも娯楽《ごらく》になりますように。

ではまた、どこかでお目にかかれたら嬉しいです。

栗城　偲

Twitter：shinobu_krk

この本を読んでのご意見、ご感想などをお寄せください。
栗城 偲先生・みずかねりょう先生へのはげましのおたよりもお待ちしております。

〒113-0024 東京都文京区西片2-19-18 新書館
[編集部へのご意見・ご感想] ディアプラス編集部「経理部員、恋の仕訳はできません」係
[先生方へのおたより] ディアプラス編集部気付 ○○先生

- 初出 -
経理部員、恋の仕訳はできません：
小説DEAR+20年ナツ号(vol.78)、アキ号(vol.79)掲載のものに加筆
拒まない恋人：書き下ろし

[けいりぶいん、こいのしわけはできません]
経理部員、恋の仕訳はできません

著者：**栗城 偲** くりき・しのぶ

初版発行：2021年10月25日

発行所：株式会社 新書館
[編集] 〒113-0024
東京都文京区西片2-19-18 電話（03）3811-2631
[営業] 〒174-0043
東京都板橋区坂下1-22-14 電話（03）5970-3840
[URL] https://www.shinshokan.co.jp/

印刷・製本：株式会社光邦

ISBN978-4-403-52540-7 ©Shinobu KURIKI 2021 Printed in Japan